步韵犹如步碧云

——序《海山缘》

罗　辉

2017 年既是中华诗词学会的而立之年，又是中华诗词事业从复苏走向复兴的重要时间节点。这一年，中华诗词学会会长郑欣淼先生喜逢七十华诞，他欣然命笔写下《七十述怀（五首）》。这组诗被诗友传上网后，一花吐艳百花开，全国各地的许多诗友纷纷步韵唱和，盛况可观，成为一个值得关注的文化现象。为了记录这次同题步韵的盛况，湖北省荆门聂绀弩诗词研究基金会决定从众多诗作中选择部分作品结集出版，旨在彰显"诗可群"的社会功能，不断促进中华诗词优秀传统文化的创造性转换与创新性发展。

古往今来的诗词酬唱实践表明，与强者、能者、专者、智者、贤者、长者酬唱，他们的"诗品"与"人品"就是最好的老师。严师出高徒，同题好切磋，这一类酬唱活动对于提高参与者的诗艺很有帮助。笔者在步韵酬唱的实践中体会到，只有在认真品读原玉的基础上，才能从诗中认知内涵，从诗外感悟意旨，进而寻求自身步韵酬唱的切入点，笔者相信参与本次步韵酬唱的诗友们亦有类似的体会。借此机会，笔者将结合本次步韵酬唱的实践体会，就"述怀"与"时空"、"叙事、说理"与抒情以及"共情"与"酬唱"等与诗学相关的问题谈点肤浅之见，且代为序。

一、诗学时空任骋怀

王岳川先生在为他的博士生詹冬华的诗学专著《中国古代

诗学时间研究》作序时指出："时间是现代性与后现代性文化中的重要问题，它关乎人类感知世界与体验生命的方式和姿态，因而，时间也成为美学、诗学研究的一个重要维度。"[①]尽管传统诗学缺乏对诗学时空的足够关注，但古往今来的诗家，都会有意或无意地在诗学时空中驰骋壮怀。就以郑会长《七十咏怀（五首）》为例，这五首七律可以说是他对人生历程的诗意回顾，从中可以让人从诗学时空中感受到审美体验。诸多步韵酬唱，也是让自己的情意贯穿于诗学时空。

"风尘一路忽如旋，造化驱人岂偶然。"郑会长咏怀五首的开篇诗句，一开始就引人入胜，让人的思路进入到"诗学时空"。当代学者史成芳《诗学中的时间概念》[②]就告诉我们，立足于闻一多关于"诗言志"所作的发生学考辨，说明诗歌的本质就在于对过去的回忆。闻一多认为，"志"的三个含义："记忆""记录""怀抱"，代表了诗的发展的三个主要阶段，而这三个含义实际上都是"藏在心里"的意思。从时间的角度理解"诗言志"，就是主体对过去时间与经验的回忆。史成芳在其专著中还将时间的三个维度与诗学的三种模式对应起来，形成了过去时间与再现诗学、当下时间与在场诗学、时序消解与解构诗学的三种关系模式。詹冬华的《中国古代诗学时间研究》则认为："'诗学时间'其实是一个组合起来的概念。具体来说就是诗学实践、诗学观念或范畴当中所包含的时间观念或意识，它所关注的是诗学与时间之间的关系。整体而言，诗学与时间的关系存在以下几种情况：一是时间作为诗学（文学）表现的对象内容；二是时间作为文学（艺术）的审美形式；三是时间作为诗学观念

---

① 参见詹冬华 著：《中国古代诗学时间研究》的序言，中国社会科学出版社 2014 年版。

② 史成芳：《诗学中的时间概念》，湖南教育出版社 2001 年版。

的重要意涵。"上述关于"诗学时间"的概念，均可以在品读郑会长咏怀五首中得到印证。理解这些诗学概念，既对理解原作有理论指导意义，又对酝酿步韵腹稿有启发作用。

例如，郑会长咏怀诗作的第一首，首联的"风尘一路"四字，一下子就将记忆拉回到了"过去时间"，而尾联的"今可从心矩犹在"一句，则通过化用孔子"七十从心所欲而不逾矩"的经典名句，一下子将时间拉回到"当下时间"。而颔联与颈联："血荐韶华镐京月，心萦畎亩渭川烟。雪峰饱看五千仞，紫阙欣聆六百年。"其中所蕴含的诗学时间，既是作为咏怀的"表现对象"，又是作为一种"审美体验"。正如詹冬华在《中国古代诗学时间研究》中指出："在抒情文学中，时间不是线性的，而是境界性的，因为'在情感中，过去、现在和未来可以完全融为整体，变而为独立的艺术存在'。在诗歌中，时间以一种流动的、暗示的方式展露出来，它弥漫于诗歌的字里行间，成为一种颜色或味道。"[①]请看高昌先生步韵之一："沧桑几度旋，云水一飘然。两袖萦清气，三秦漾紫烟。海山还明月，松鹤自长年。玉下怀高格，珠隋在雅缘。"和韵中的时空远近交织，作者将诚挚的情感播撒其间，而诗学时空所凝结的意蕴亦成为诗作的意境。

又如，郑会长诗中的"镐京月""渭川烟""五千仞""六百年"等词句，其时空意味就直接与诗的意境相连。学习与掌握原作"诗学时间"中的妙趣，不但对步韵和诗很有帮助，且对加强诗学修养，提高创作水平亦有裨益。笔者的步韵诗作，就是在学习与借鉴原作"诗学时空"的基础上来构思的。当然，

海山缘
——郑欣淼《七十咏怀》赓和集

---

①詹冬华 著:《中国古代诗学时间研究》,中国社会科学出版社2014年版,第43页。

由于笔者与郑会长多年的相识与相知，自是读诗如见其人，品味如感其情，步韵如寄吾心。笔者之所以宁愿滥竽充数，采用五叠方式步韵，其旨在借用"五五"这个吉祥数字，送上"双五"诗人节（即农历五月初五端午节）的诚挚祝福，个中又是一种特别的时空因素。例如，笔者步韵之一："万里飞鸿正凯旋，回眸无处不恬然。风生渭水千重浪，云涌秦川万里烟。采菊东篱犹得月，弄潮北海自忘年。举头前路多知己，如梦人生有夙缘。"又一首："陟山踪迹似螺旋，大雁高风两浩然。青眼望中追峻岭，丹心笔下扫荒烟。畅怀棋局两三步，论道人生一百年。犹喜而今杖于国，悬车未老更投缘。"可以说，诗作中的相关词句都牵连着原玉作者的足迹，并以不同的形式融入了诗学时空因素，且还据此通过意象组合来营造诗的意境。

《论语·子罕》云："子在川上曰：逝者如斯夫，不舍昼夜！"可以说，"逝川之叹"开启了传统诗坛对时间进行情感抒发的重要诗学主题，亦是"诗学三命题"（即诗言志、诗缘情与诗缘政）体系中的一个重要因素。正如李泽厚所言："时间情感化是华夏文艺和儒家美学的一个根本特征，它是将世界予以内在化的最高层次。"①毛泽东词《水调歌头·游泳》就直接化用过"子在川上曰：逝者如斯夫"两句，并赋予生命不息、奋斗不止的创新意境。当代诗家骋怀于诗学时空，自当立足于一路行吟在当下，以新的视野去回顾过去与展望未来。

二、事理牵情自入诗

自古以来，传统诗词有所谓"抒情诗""叙事诗"与"议论诗"（即"以议论为诗"，系指用诗来说理谈看法，亦可称之为"说理诗"）之分，即将抒情与叙事、议论（说理）并列起来。清代学者叶燮《原诗》云："从来论诗者，大约申唐而绌宋。有谓：'唐人以诗为诗，主性情，于三百篇近；宋人以文为诗，主

海山缘

郑欣淼《七十咏怀》赓和集

主编／李辉耀

副主编／方世焜　张世才　姚泉名

湖北省荆门聂绀弩诗词研究基金会

湖北省中华诗词学会　组编

中国书籍出版社

图书在版编目（CIP）数据

海山缘：郑欣淼《七十咏怀》赓和集 / 李辉耀主编.
—北京：中国书籍出版社, 2018.12
ISBN 978-7-5068-7179-2

Ⅰ. ①海… Ⅱ. ①李… Ⅲ. ①组诗—诗集—中国—当代 Ⅳ. ①I227

中国版本图书馆CIP数据核字（2018）第287420号

海山缘：郑欣淼《七十咏怀》赓和集　　　　　　　　李辉耀　主编

策划编辑：王星舒
责任编辑：王星舒
责任印制：孙马飞　马　芝
版式设计：武汉临风设计有限公司
出版发行：中国书籍出版社
地　　址：北京市丰台区三路居路97号（邮编：100073）
电　　话：（010）52257143（总编室）（010）52257140（发行部）
电子邮箱：eo@chinabp.com.cn
经　　销：全国新华书店
印　　刷：武汉市宏达盛印务有限公司
开　　本：710毫米×1000毫米　1/16
字　　数：100千字
印　　张：18.5
版　　次：2018年12月第1版　2018年12月第1次印刷
书　　号：ISBN 978-7-5068-7179-2
定　　价：68.00元

议论，于三百篇远。'何言之谬也。"①当代亦有学者认为，"写诗无非是叙事、写景、说理、抒情。"②这也说明，将"抒情"与"叙事、写景、说理"三者并列甚至对立起来的观点，从古至今皆有之。

然而，对于"诗言志"与"文载道"这种传统的二分法，历来就有不同看法。有学者认为不应将形式上的"二分"与内容上的"统一"对立起来。例如，北宋学者司马光就将《诗大序》"在心为志，发言为诗"之语，改之为："在心为志，发口为言。言之美者为文，文之美者为诗。"元代学者元好问则说："诗与文，特言语之别称耳。有所记述之谓文，吟咏情性之谓诗，其为言语则一也。"明代学者宋濂更是认为："诗文本出于一原，诗则领在乐官，故必定之以五声，若其辞则未始有异也。如《易》《书》之协韵者，非文之诗乎？《诗》之《周颂》，多无韵者，非诗之文乎？何尝岐而二之！"当然，诗与文毕竟不可同日而语，其区别不在"量"而在"质"，最为关键处则是"诗主达性情"，"性情"一直是"叙事、写景、说理"的主轴。正如清代学者邹祗谟所言："作诗之法，情胜于理；作文之法，理胜于情。乃诗未尝不本理性以纬夫情，文未尝不因情以宣于理，情理并至，此盖诗与文所不能外也。"③这就是说，诗词的内容自会涉及"事、景、理"三个方面。但是，诗不同于文，无论是"叙事、写景、说理"，都必须将"性情"融入其中，贯彻始终。"叙事"必然是"情"汇入"事"中，且事的特点是

①叶燮《原诗》卷四，外篇下，见《清诗话》，上海古籍出版社1963年版，第607页。

②徐有富 著：《诗学问津录》，中华书局2013年版，第140页。

③本段未注出处的引文，均转引自陈一琴选辑、孙绍振评说《聚讼诗话词话》，第10页与第11页。

"不可施见"（即"想象以为事"）；"写景"必然是"情"融入"景"中，且景的特点是"意中带景"；"说理"必然是"情"注入"理"中，且理的特点是"不可明言"。就步韵酬唱来说，理解与把握这些理念，不但有利于提高自身的诗学素养，就是对品味原玉意境，创作步韵作品都是不可或缺的。

让我们回到郑会长《七十咏怀（五首）》中来吧！作为咏怀诗作，其抒情特质必然是"当行本色"，但为了让"性情"有血有肉，有筋有骨，自必离不开"叙事"，甚至还牵涉"说理"。例如，郑会长诗中的"镐京月"与"渭川烟"，"衙门再造海山缘""相伴今生有两公""鲁迅锋芒工部韵""故宫倡学深侔海""我有相机留雪鸿"等词语或诗句，就明显有"叙事"成分，是将"情"汇入"事"中；而"造化驱人岂偶然""今可从心矩犹在""人生青岁总风雨""世事红尘不泡沤"等诗句，则饱含"说理"成分，亦即是将"情"注入"理"中。对于述怀诗作而言，如果没有必要的"事"与"理"的糅合，作者的"性情"就难于托付。所以说，对于不同题材的诗词创作，"事、理"与"景"一样，都是作者"言志""言情"与"言政"的媒介。

就本集诸多步韵诗作而言，其中有不少作品就是用"事、理"来彰显作者性情的。例如，范诗银先生步韵作品中的诗句"方圆天地无为解，偏角词心似可谙""离骚堪为心田寄，碣石无须胆气求"等，就既是"情句"，又是"理句"，更是"情理"融合的诗句。又如，笔者步韵中的相关诗句："采菊东篱犹得月，弄潮北海自忘年""畅怀棋局两三步，论道人生一百年""三甲三壬又追梦，一觞一咏不称雄""侧耳又闻牛渚咏，同声唱和寸心耽""丹心微信情牵手，白发衷心韵入胸""大川自有大容量，借得轻舟任去留"等，就蕴含着相应的事与理。再如，胡迎建先生的步韵之一："竭来江右事匆匆，筠抚信州印雪鸿。拜墓尊贤情切切，授牌开示意重重。拨开茅塞明诗法，坐沐春风涤俗胸。江右蒙公散花雨，何时再莅许追踪。"作者一开始就用"事匆匆"之句，突出了本诗的"叙事"性，并于诗外用注释方式说明了具体的事由。全诗是在叙事的基础上，又将作者的性情融入其中，并用诗的语言喷发出来。

著名诗人白居易用"根情、苗言、华声、实义"来描述传统诗词的大美，也就是说如果将一首诗词比做一棵树，那么，充沛的情感就像壮实的树根；精炼的语言就像茂密的树叶；和谐的韵律就像鲜艳的花朵；而深邃的意境就像丰硕的果实。其中，对于"苗言"来说，其中之"言"就包括"事、景、理"三个方面。而作为一首诗词，能否达到"实义"之审美效果，当然，"情"之根则是根本，这也是包括酬唱在内的各类诗词创作与散文创作的根本不同之处。

三、酬唱诗词缘共情

共情是现代心理学的一个新的重要概念。2018 年元月 3 日，《光明日报》发表了一篇由国外学者莉迪亚·邓沃思撰写、孙亚斌翻译的文章——《善用共情　成就社会之美》。尽管传统诗学中并无"共情"这一说法，但根据笔者多年诗词酬唱的实践，深深感到这一概念客观上已成为诗友们一唱一和的情感基础。这本集体步韵集，也可以说是酬唱诗词缘于"共情"的又一次创新实践。根据莉迪亚·邓沃思的文章，"共情"是一个涵盖三个主要成分的统称概念，即"'情绪共情'是指分享别人的情绪，以及对应他们的行为状态。……'认知共情'，也叫作观点采择，是思考或理解他人情绪感受的能力。'共情关心'，或同情，是赋予我们采取行动，帮助他人摆脱困境的动机。总的来看，这三个成分是维系我们社会生活的基础元素。"其实，"情绪共情"、"认知共情"与"共情关心"这三个成分的内涵及其外延，又何曾不是诗词酬唱的基础情愫呢？

明代学者王祎云："夫诗之感人者，非感之者之为难，乃不能不为之感者为难也。是故发于情而形于言。故曰：诗，情之所发，诚则至焉。诚之所至，其言无不足以感人者。唯夫能知其可感而有感，奋发惩创而不能自已焉，斯又不易能矣。"①这段诗话对如何写好应酬诗，乃至对"三应诗"（即应制、应景、应酬）的创作都很有启发意义。回首古代诗坛，对酬唱诗词来说，古人就特别重视"必答其来意"，其中的内涵就是要有共同的、诚挚的情感。例如宋代蔡梦弼集录《杜工部草堂诗话》引洪迈《容斋随笔》②云：

古人酬和诗，必答其来意，非若今人为次韵所局也。观《文选》所编何劭、张华、卢谌、刘琨、二陆、三谢诸人赠答可知已。唐人尤多，不可具载，姑取《杜集》数篇，略纪于此。高适《寄杜公》云："愧尔东南西北人。"杜则云："东西南北更堪论。"高又有诗云："草《玄》今已毕，此外更何言？"杜则云："草《玄》吾岂敢，赋或似相如。"严武寄杜云："兴发会能驰骏马，终须重到使君滩。"杜则云："枉沐旌麾出城府，草茅无径欲教锄。"杜公寄严诗云："何路出巴山……重岩细菊斑。遥知簇鞍马，回首白云间。"严答云："卧向巴山落月时，篱外黄花菊对谁。跋马望君非一度，冷猿秋雁不胜悲。"杜送韦迢云："洞庭无过雁，书疏莫相忘。"迢云："相忆无南雁，何时有报章。"杜又云："虽无南去雁，看取北来鱼。"郭受寄杜云："春兴不知凡几首。"杜答云："药里关心诗总废。"皆如钟磬在簴，扣之则应，往来反复，于是乎有余味矣。

①参见《王忠文集》卷十七，载《钦定四库全书》。
②转引自林正三 编著，《台湾古典诗学》，第139页，文史馆出版社，2007年。

这段话所列举的实例告诉我们，古人的酬唱实践早就饱含着"共情"。这也说明，诗词酬唱"必答其来意"的观点，已经成为古今酬唱诗词所遵循的主要原则，进而说明"知诗、知事、知人"这"三知"，当成为诗词唱和者在创作之前所必须做好的功课。显然，"三知"无不关乎"共情"，进而说明"酬唱诗词缘共情"的理念可成为新的诗学概念。就本同题步韵集而言，众多诗友都以步郑会长《七十述怀（五首）》原玉的方式共同唱和，亦进一步为这一新的诗学概念提供印证。就笔者的切身体会而言，尽管与郑会长共事多年，对"三知"自有所知，但仔细品味郑会长《七十述怀（五首）》之后，更对"三知"有了进一步的深化，进而为笔者步韵诗作的意象选择与意境构建打下基础。

　　例如，笔者一首步韵中的诗句"犹喜而今杖于国，悬车未老更投缘"，就是基于"情绪共情"，化用"七十杖于国"与"悬车致仕"等典故，既是对郑会长不辞辛劳主政学会的客观描述，又表达了大家"心有灵犀一点通"的真情实感。又如，胡迎建先生的步韵之一："坐镇京华古国燕，群龙有首始欣然。行踪踏碎华山雪，说法飞扬蓟柳烟。鼓荡风骚三万里，传承雅乐五千年。曹溪饫我滴沾润，送抱推襟亦有缘。"个中的"情绪共情"亦是跃然纸上。再如，郑会长原玉"心头骚雅耳边钟，相伴今生有两公。春望秋兴感沉郁，鹰飞鲸掣思宏雄。热风已得燃犀烛，直面才看贯日虹。鲁迅锋芒工部韵，殷殷尽在不言中。"就催生了笔者的另一步韵："闻鸡起舞唤晨钟，伏案垂询太史公。大道长风紫薇美，故宫新学赤心雄。眼穿岁月搜珍宝，足跨时空架彩虹。借得韦编屡三绝，但教观世玉壶中。"个中亦折射出"认知共情"在诗词酬唱中的特别作用。还如，郑会长的另一首原玉："黄华银桂正宜秋，欢聚倾杯松鹤楼。儿辈自强差可慰，老夫尚健复何求。人生青岁总风雨，世事红尘不泡沤。回首犹存几多憾，至今惜少好诗留。"亦让笔者酝酿出另一步韵："满城芳菊闹三秋，邀约白云黄鹤楼。古月西升无妄念，大江东去有追求。放飞新梦犹尝胆，迭起高潮常聚沤。一路行吟在当下，几曾经典为名留？"笔者深深体会到，正是由于与郑会长之间的情感共鸣，才让"共情关心"的问题入诗入性灵。

　　需要说明的是，笔者认为，古人关于"酬和诗，必答其来意"与"今人为次韵所局"的话亦不可绝对化。在诗词酬唱实践中，不一定率真地"答其来意"的诗作，甚至与"来意"完全无关的唱和亦屡见不鲜。与此同时，步韵酬唱作为一种特别的艺术美，自古以来就为诗家喜好，更是当代诗坛最为常见的唱和方式。所以，在诗词创作过程中，我们既要提倡步韵酬唱宜"答其来意"，但也不要拒绝只步韵而另言他意的唱和方式。同时，一分为二看步韵（即次韵），变"次韵所局"为促进诗艺升华，特别是通过对同题步韵作品的比较研究，来提升自身的诗词修养水平。例如，在本集中，李辉耀先生等几位诗家的诗作，如其说是步韵，还不如说是"步尾"，其实是在自我加压，加大切磋诗艺的难度。

　　最后，笔者谨用一首《感悟步韵》的小诗，对踊跃参与本次步韵酬唱的诸位诗友表示衷心的谢意！同时，恳请各位诗家对本文中的相关观点予以批评指正！

感悟步韵

子曰裁诗又可群，一觞一咏一冰心。

向来梦里追元白，步韵犹如步碧云。

2018 年元月 28 日

于武昌水果湖茶港四维斋

七十咏怀　五首

郑欣淼

其一

风尘一路忽如旋，造化驱人岂偶然？

血荐韶华镐京①月，心萦畎亩②渭川③烟。

雪峰饱看五千仞，紫阙④欣聆六百年。

今可从心矩犹在⑤，衙门再结海山缘。

注：作者退下后移往故宫清代稽查内务部御史衙门办公，衙门左为景山、右是北海。

①镐京：读音 hào jīng，古都名。西周国都。故址在今陕西省西安市西南沣水东岸。②畎亩，读音 quǎn mǔ，意为：田间，田地。③渭川：即渭水，亦称渭河。郑欣淼先生为陕西渭南市人。④紫阙：阙为入声字，读音 què，帝王宫阙。汉·焦赣《易林·讼之贲》："紫阙九重，尊严在中。"⑤今可从心矩犹在：子曰："七十而从心所欲，不逾矩。"意指自己到了 70 岁的时候随心行事也可以不逾越规矩了。

其二

心头骚雅①耳边钟，相伴今生有两公②。

春望③秋兴感沉郁，鹰飞鲸掣思宏雄。

热风④已得燃犀烛⑤，直面才看贯日虹。

鲁迅锋芒工部⑥韵，殷殷尽在不言中。

注：作者有《文化批判与国民性改造》与《鲁迅与宗教文化》两本鲁迅研究专著出版。

①骚雅：《离骚》与《诗经》中《大雅》、《小雅》的并称。借指由《诗经》和《离骚》所奠定的古诗优秀风格和传统。②两公：指唐代诗人杜甫和近现代文学家鲁迅。③《春望》：指杜甫的五言律诗"国破山河在，城春草木深。感时花溅泪，恨别鸟惊心。烽火连三月，家书抵万金。白头搔更短，浑欲不胜簪。"《秋兴》：兴读音 xīng，杜甫有七律《秋兴八首》。此处泛指杜甫的诗。④《热风》是鲁迅写于 1918 年到 1924 年的杂文集。⑤燃犀烛：郭沫若《鲁迅诗稿序》中说："鲁迅先生无心作诗人，偶有所作，每臻绝唱。或则犀角烛怪，或则肝胆照人。"成语有"如燃犀烛"；"燃犀烛"意指洞察奸邪，明察事物。⑥工部：杜甫曾任校检工部员外郎，自称少陵野老，后世称他为杜少陵，杜工部。

其三

一脉文渊岁月渐①，天教我辈颔珠探②。

故宫倡学深侔③海，才俊为基青出蓝④。

十五流年鼓无歇，三千世界味初谙。

衰翁漫道古稀日，秋色斑斓思正耽⑤。

注：作者提出"故宫学"已近十五年。

①渐：读音 jiān，义为慢慢发生改变，浸染。②颔珠探（tān）。颔，读音 hàn，下巴颏。颔珠：《庄子集释》卷十上《杂篇·列御寇》："夫千金之珠，必在九重之渊而骊龙颔下，子能得珠者，必遭其睡也。比喻不畏艰险，探求事物的真义。③侔：读音 móu，相等，齐，相侔。④青出蓝：荀况《劝学》中有"青，取之于蓝而青于蓝。"⑤耽：读音 dān，字义：沉溺，入迷，耽乐。

其四

屐痕到处总匆匆，我有相机留雪鸿①。

青藏风情情万种，紫垣②殿影影千重。

刹那定格供开眼，经久回思凭荡胸。

历历行程最堪记，恒河③畔觅佛陀④踪。

注：作者有《高天厚土——青藏高原印象》与《紫禁气象——郑欣淼故宫摄影集》两本影集出版。

①雪鸿：成语"雪泥鸿爪"之略语。喻往事留下的痕迹。苏轼《和子由渑池怀旧》"人生到处知何似？应似飞鸿踏雪泥"。②紫垣：读音 zǐ yuán，星座名。常借指皇宫。唐·令狐楚《发潭州日寄李宁常侍》诗："君今侍紫垣，我已堕青天。"③恒河：印度北部的大河，自远古以来一直是印度教徒的圣河。④佛陀：本指释迦牟尼，后演为觉悟真理者之总称，为佛教用语。

其五

黄华银桂正宜秋，欢聚倾杯松鹤楼①。

儿辈自强差可慰，老夫尚健复何求。

人生青岁总风雨，世事红尘不泡沤②。

回首犹存几多憾，至今惜少好诗留。

注释：①松鹤楼，清乾隆二十二年（1757 年）由徐氏在苏州玄妙观创建，经营面点带卖饭菜。迄今已有 250 多年的历史。现北京市朝阳区亦有松鹤楼饭店。②泡沤：读音：pàoōu，水中浮泡，虚空无常的水泡，泡影。宋代郑清之《和白雪老禅二偈》："阅尽恒河水上波，声尘何似泡沤多。还师拍板钳锤后，更唱谁家别调歌。"

目　录

海山缘
——郑欣淼《七十咏怀》赓和集

七 画

海山缘
——郑欣淼《七十咏怀》赓和集

十 画

十一画

十二画

十三画

十四画以上

海山缘
——郑欣淼《七十咏怀》赓和集

李明波（湖北武汉）

步韵郑欣淼先生《七十咏怀》

一

壬辰重九紫云旋，聆取真言自瘝然。

喜雨无声功德水，惠风有意麝兰烟。

畅谈华夏五千载，纵览仙宫六百年。

荟萃精英齐唱和，郑公树帜结诗缘。

注：2012年10月，郑欣淼先生出席《大兴武当六百年诗词论坛》，作主旨演讲。本人有幸参加，感慨颇深，特和诗记之。

二

呐喊常鸣警世钟，一生忧愤斗天公。

千年礼教摧兰玉，百箧遒文指佞雄。

挥泪盈襟心朗月，披肝沥胆气如虹。

开基旗手魂安在，丹魄长留三味中。

注：2010年秋，参观绍兴三味书屋，印象深刻。今重读《呐喊》，感慨不已，特赋诗赞之。

三

职掌宫藏思虑渐，博诠典籍夜珠探。

尘封遗著欣刊墨，醒世宏篇竟出蓝。

举目皇城新一览，潜心紫阙再详谙。

朝晖漫步重游历，夕照当红且乐耽。

注：拜读《故宫学》丛书，重游紫禁城，意境相融，心动神驰，是以记之。

四

香格里拉行色匆，采风一路寄云鸿。

碉房花甸欢声朗，古寺冰峰剪影重。

盏盏酥茶香沁肺，条条哈达礼衿胸。

归来常忆频招手，汉藏交融历囊踪。

注：2006 年秋，中央党校省部进修班学员赴云南香格里拉考察，返校提交《藏区文化之渊源》论文，至今记忆犹新。

五

三届知青五十秋，重阳相聚上层楼。

举杯共话乡居乐，促膝倾谈痼寐求。

云淡天高皆展翅，水长地阔未闲沤。

丹心报国中华梦，殊路同归雅韵留。

注：诗词界很多老人，2015 年在汉参加海峡两岸中华诗词论坛暨第二届聂绀弩诗词奖颁奖大会时，与郑欣淼会长虽年少不识，经历各异，但结缘诗词，意往神交。2017 年重阳登高，遥寄和诗，是以为念。交谈知悉，他与我们一些诗词爱好者，曾经都是老三届知青。

熊召政（湖北武汉）

奉和郑欣淼先生七律五首

一

七十犹难奏凯旋，韶华老去更天然。
风霜回首千重路，忧患萦心几点烟。
笔蘸霞光涂九夏，梦飞梅雪醉三年。
诗情锻出南山石，尽刻丹心不朽缘。

二

混沌谁敲醒世钟，寄怀天下只为公。
一瓢浊酒酬文胆，匹马秋风沐杰雄。
我仰前贤如列祖，诗追唐汉若升虹。
常思跪乳恩难报，心在青铜社稷中。

三

谁自秦川走万山，宦游隐去却还探。
三生石染啼痕赤，八面风吹贝叶蓝。
紫禁城中新学问，文渊阁上旧贤谙。
江湖岂肯词人老，常惕归田彩笔耽。

四

朝云灿烂暮云匆，秋雁横天引雪鸿。
霜鬓岂能留恨种，故宫无日不花重。

萃华阁上灯如豆，御膳房中酒涤胸。

诗事浓时王事毕，仙踪不觅觅儒踪。

五

莫道天凉好个秋，顽童我又上层楼。

人逢盛世神如炙，诗砌丰年迹可求。

每逢佛子开青眼，不坠豪情入碧沤。

问汝人生惟淡泊，只因风雨未曾留。

高　昌（北京）

次韵郑欣淼会长《七十咏怀》

一

沧桑几度旋，云水一飘然。

两袖萦清气，三秦漾紫烟。

海山还朗月，松鹤自长年。

玉卞怀高格，珠隋在雅缘。

二

时闻警世钟，相挽管城公。

笔健人尤健，心雄韵更雄。

岐山鸣玉凤，渭水吸川虹。

马首瞻吟坫，颜开众乐中。

三

举火助洳渐，寻幽得纵探。

书排山碧碧，思汇海蓝蓝。

鼓吹无遗力，推敲有旧谙。

故宫今问学，仡仡兴尤耽。

四

流年逝水匆，浩荡看飞鸿。

册摄风云叠，屐巡山水重。

陟高怡画眼，涉险壮诗胸。

屈指恒河杳，远超霞客踪。

五

回眸十八秋，相识忆红楼。

清誉从今播，高风必古求。

论交同淡水，绝俗等浮沤。

明月松间照，好诗心上留。

林　峰（北京）

依淼公《七十抒怀》韵谨和

一

弦歌声起舞回旋，玉叶先垂蓟北天。

花径浮来金盏露，山门飘渺上阳烟。

愧无银管开鹏运，幸有清词诵鹤年。
遥看寿星光炳焕，令公行处记深缘。

二

窗前又听古楼钟，欲写新词墨未浓。
万里风回天外鹤，九霄玉散岁寒松。
才惊硬雨春秋笔，度旷闲云锦绣胸。
不觉杏坛霜气暖，满城花放一千重。

三

四望皇州金碧涵，忆中神武礼曾三。
上林瑞霭浮新翠，太液澄波透浅蓝。
月映新篇堪细理，星流断简自相参。
毫端已蓄东君意，更向尊前谢指南。

四

心惊往事太匆匆，独上城头数断鸿。
天半琼瑶来塞北，画中烟雨作江东。
水流依旧情难了，人世纷纭酒不空。
待到五湖春色好，相随再赏太和融。

五

谁遣轻红入寸眸，纵歌宜上最高楼。
余寒犹在莺声杳，淑气先回春梦幽。
碧汉分辉翁似月，苍山浥露我如鸥。
心头不改奔腾势，中有清波日夜流。

张桂兴、易行、星汉、赵京战、杨逸明

读欣淼会长《七十咏怀五首》有感

　　近日，我们五位曾在欣淼会长领导下工作过五年的"退役"副会长，在拜读了会长《七十咏怀五首》后，也颇为感慨。因为我们也都是"古稀"之人了！故相约以年龄为序各和一首，共襄这一言志咏怀的唱和趣事。

一

日月同辉宇宙旋，霜风疾雨自安然。
文修寒署三更月，史探宫墙九素烟。
情注诗花铺满地，别裁橘颂慰稀年。
人间过客千千万，幸与先生共一缘。

二

凭谁敲响拜诗钟？当是谪仙与杜公。
笔走婉约成雅趣，心随豪放到词雄。
静观山野千重绿，激赏霞天万丈红。
也咏夕阳无限好，与君同在彩风中！

三

光阴如水亦东渐，有幸同庚共讨探。
久历程途知黑白，遍栽桃李混青蓝。
有情日月难穷索，无恙江山已饱谙。
细检毫端尽清正，千年四海任耽耽。

四

莫道当年脚步匆，闲时踏雪看飞鸿。

痴人寻梦曾千里，莽汉移山又一重。

星月朦胧缠手足，山河自在了心胸。

行程漫忆吾家事，漠漠不知来去踪。

五

人生已届雁迎秋，怀旧宜登夕照楼。

汉字图腾长奉献，唐诗情结共追求。

百年清悟终成梦，万象纷呈只化沤。

自信衰翁君与我，会吟新句世间留。

范诗银（北京）

步韵郑欣淼会长《七十咏怀》

一

扑窗秋叶借风旋，卷冷毫凉亦淡然。

旧史出尘承败瓦，幽文断梦解轻烟。

仪容有迹参差影，山野微痕若许年。

春柳几回黄又绿，红楼落照惜前缘。

二

五花云母自鸣钟，暖阁垂帘八大公。

碧脊流光时运老，朱棍筛月甲兵雄。

弯刀佩剑两朝雨，薄雾浮霜一抹虹。

有句重楼难为读，江山落寞几行中。

三

星回紫禁水渐渐，烛剪芸编钩月探。

殿阔难窥眸瞩绿，韦编恰合马嘶蓝。

方圆天地无为解，偏角词心似可谙。

有学故宫三载了，雅怀博士不胜耽。

四

青海何曾叹侄匆，会稽搏雨有飞鸿。

袖中匕首雪光冷，楼上旗花月影重。

万象空明呈一镜，千秋磊落到余胸。

他年若问长安事，风致四时怀旧踪。

五

白塔应知几度秋，诗行写上九层楼。

离骚堪为心田寄，碣石无须胆气求。

峻字三唐风劲洗，真情大雅梦相沤。

敷霜红叶岚光好，唤取晴云把句留。

胡迎建（江西）

步韵郑欣淼会长《七十咏怀》

一

坐镇京华几度旋，群龙有首始欣然。

行踪踏碎华山雪，说法飞扬蓟柳烟。

鼓荡风骚三万里，传承雅乐五千年。

曹溪饫我滴沾润，送抱推襟亦有缘。

二

传灯振铎烁长空，领袖骚坛幸有公。

治学踪追通志博，吟诗力迈郑虔雄。

风涛稳驾帆依柁，金石精研气吐虹。

大雅重兴躬尽瘁，堂堂阵列进行中。

注：《通志》为南宋郑樵所撰。

三

诗教化人日日渐，规模成效韵频探。

骅骝齐骤征途远，鸿鹄高翔浩宇蓝。

大志犹存肩任重，初心未改国情谙。

指挥若定吟旌奋，缓带松裘逸兴耽。

四

竭来江右事匆匆，筮抚信州留雪鸿。

拜墓尊贤情切切，授牌开示意重重。

拨开茅塞明诗法，坐沐春风涤俗胸。

江右蒙公散花雨，何时再莅许追踪。

五

家国情怀未叹秋，南山流翠入高楼。

随时好景供吟啸，应对良方每探求。

元气盈胸观霁月，荣华过眼幻浮沤。

迎来海屋筹添乐，凤阁应邀彩笔留。

贾学义（内蒙古）

奉和郑欣淼先生七律五首

一

七彩人生奏律旋，古稀初度甚怡然。
渭川泥土滋清气，京国韶光照紫烟。
谨慎应酬繁密事，从容享得太平年。
夕阳虽晚余霞在，早与群星结善缘。

二

走笔文章不看钟，惯于长夜待明公。
精忠报国真名帅，雅韵哀民亦圣雄。
满腹才情凝巨著，一生心血化长虹。
诗词散曲花齐放，香遍东西南北中。

三

一座皇宫日月渐，烟云浩瀚任研探。
呕心勤瘁丝成雪，倡学维艰青胜蓝。
万水千山能达越，三番四覆总通谙。
喜看才俊应时出，聚宝盆中正酷耽。

四

才艺随身步履匆，朝追骏马晚追鸿。
镜中搬入山千座，眼里流连水万重。
草长花开映荣落，民生国计荡心胸。
相机未老人依旧，美丽神州踏印踪。

五

尽染层林好个秋，金风送爽上云楼。

创乡每得心中乐，耽句常思梦里求。

世事纷纭扬正义，人生坎坷弃浮沤。

古稀幸入新时代，喜看乾坤清气留。

张福有（吉林）

次韵郑欣淼会长《七十咏怀（五首）》

一

群峰阅尽转眸旋，看似偶然含必然。

心系关中怜雪色，梦醒塬上数云烟。

倾情故国常回首，领韵神州不计年。

无限风光吟一路，平生所重是诗缘。

二

跟班两届独情钟，有幸同船效郑公。

派出天池亲奥壤，经刊山海纪华雄。

才持手斧又拿豆，方考阶坛圆摄虹。

发现已逾三十项，古今岂付笑谈中。

三

不咸山北觉寒渐，贤达东疆刻石探。

岗子类型惊地远，通沟书院赏天蓝。

新城辨异有初鉴，遗址藏珍欣首谙。

我幸披榛先附骥，大荒草木韵常耽。

四

到处皆留步履匆，无端雪夜念飞鸿。

诗声一派传千载，韵影三江数几重。

驿路犹存开道辙，河灯不息涤心胸。

书成信惠陌生者，堪继前人苦旅踪。

五

多少箴言珍晚秋，初心仍系戍边楼。

白山赫赫雄常在，青史漫漫真自求。

未许沙河崖壁隐，岂令麻线石碑沤。

前行砥砺路犹远，绮卷邀来后世留。

罗　辉（湖北武汉）

次韵郑欣淼会长《七十咏怀（五首）》（五叠韵）

恰逢七十华诞，会长欣然命笔，壮哉咏怀五首；读诗如见其人，风雅别样知心，自当感发生韵；更求吉祥"五五"，恭贺诗人佳节，同追良好愿景！

一

万里飞鸿正凯旋，回眸无处不恬然。

风生渭水千重浪，云涌秦川万里烟。

采菊东篱犹得月，弄潮北海自忘年。

举头前路多知己，如梦人生有夙缘。

二

陟山踪迹似螺旋，大雁高风两浩然。

青眼望中追峻岭，丹心笔下扫荒烟。

畅怀棋局两三步，论道人生一百年。

犹喜而今杖于国，悬车未老更投缘。

注：①杖于国：系化用《礼》中"七十杖于国"语；悬车：典出东汉班固《白虎通》卷二《致仕》，表示官员年老退休，亦代指七十岁。

三

香山红叶待归旋，最喜清新大自然。

争得虚怀柔若水，犹知往事淡如烟。

可忘恩怨难忘韵，只问风光不问年。

樽酒相逢开口笑，人生也许有前缘。

四

攀陟盘旋风亦旋，壮心未老自超然。

只身挺立岭头岭，双眼望穿烟外烟。

莫与高低争尺寸，但将遐迩比光年。

层峦叠嶂知多少，肯信随缘胜俗缘。

五

不用兼程不用旋，缆车登顶更悠然。

满山霜露滋秋菊，遍地流霞暖夕烟。

花眼犹将放青眼，耆年未必逊华年。

世间圆梦又追梦，当借前缘结后缘。

一

闻鸡起舞唤晨钟，伏案垂询太史公。

大道长风紫薇美，故宫新学赤心雄。

眼穿岁月搜珍宝，足跨时空架彩虹。

借得韦编屡三绝，但教观世玉壶中。

二

莫愁老态厌龙钟，但对田园怀谢公。

三甲三壬又追梦，一觞一咏不称雄。

欲将笔下千般味，化作云边万丈虹。

但愿常闻九皋鹤，赓歌一曲杏园中。

注：①三甲三壬：典出《三国志》卷二九《魏书·方技传·管辂传》，古代认为背与腹有三甲、三壬为长寿之征。

三

遥听高山古寺钟，东坡戴月拜苏公。

乌台若是无诗案，赤子如何能问雄？

一士南行煮醇酒，三州北望贯长虹。

世人不上凌烟阁，但有丰碑在口中。

四

放出吟声伴晓钟，欲将新韵寄天公。

自凭南北雅和俗，试比东西雌与雄。

借得清风净烟雾，迎来霜色染霓虹。

夕阳烘得枝头暖，一幅画图收眼中。

海山缘

——郑欣淼《七十咏怀》赓和集

五

初更冷月五更钟，学足三冬尚众公。
云卷云舒耻欺世，花开花落笑争雄。
借来水幕堪增色，唤出晴光自见虹。
但叹缤纷五颜美，原来却在半空中。

注：①学足三冬：典出《汉书·东方朔传》："年十三学书，三冬文史足用。"

一

潘江流韵向东渐，欲得龙珠信手探。
赋雪梁园留洁白，扬帆陆海入深蓝。
水连天地潮雄立，月涌波光世熟谙。
侧耳又闻牛渚咏，同声唱和寸心耽。

二

归去来兮鬓色渐，临渊照影欲深探。
身潜碧水凝澄碧，眼望蓝天恋蔚蓝。
白酒能浇今日胆，红尘难弃往时谙。
长吟李杜苏辛句，唯有诗书永世耽。

三

借得长缨岁又渐，金星引领向前探。
小溪飞鸟浪清白，大海扬波水湛蓝。
三岛仙居难得咏，二维神码未曾谙。
白头莫道桑榆晚，霜叶题诗老更耽。

四

出入红尘气象渐，跋山涉水只身探。

眼中有景千株碧，头上无云一片蓝。

今日风情今日醉，旧时心迹旧时谙。

更教抬眼追形胜，快马加鞭未肯耽。

五

枝颜叶色望中渐，何许缘由任尔探。

勿虑双眉满头白，但求一望漫天蓝。

纵观景象孰为贵，当问生涯谁自谙。

苦短流年难过百，莫须沉寂莫须耽。

一

莫道白驹穿隙匆，归鸿振翅又征鸿。

等闲前路三千里，但愿登高十二重。

身走江湖壮筋骨，眼观烟雨荡心胸。

问询风水何方好？举步犹追尘外踪。

二

车水马龙忙又匆，白云苍狗念霜鸿。

凝眸江畔山千仞，俯首波峰影万重。

世事如棋无旧局，人生若梦有新胸。

梁园把酒飞花令，六出从来不觅踪。

三

葱葱郁郁太匆匆，梦里乘风追雁鸿。

自恋青山青眼亮，不愁白发白眉重。

灯红酒绿常侵世，竹翠橙黄总在胸。
点染秋林是何物？向来无影又无踪。

四

欲教秋色莫匆匆，万里霜天万里鸿。
直面风来催叶落，等闲水复见山重？
峰回路转尤明目，雾散虹悬自荡胸。
深涧清溪无染迹，只留声响不留踪。

五

一来一往两匆匆，羁旅归来非断鸿。
犹自举眸光灿灿，等闲回首雾重重。
丹心微信情牵手，白发衷心韵入胸。
莫道桑榆早和晚，世人谁个不追踪。

一

满城芳菊闹三秋，邀约白云黄鹤楼。
古月西升无妄念，大江东去有追求。
放飞新梦犹尝胆，迭起高潮常聚沤。
一路行吟在当下，几曾经典为名留？

二

橙黄橘绿楚山秋，遥望东西南北楼。
鹳雀催人休短视，岳阳传语尚深求。
花开花落携忧乐，潮起潮平融泡沤。
借问江湖往来客，桃源未必好淹留？

三

不悲白发不悲秋，又上高山又上楼。
天下清风犹自采，水中明月莫他求。
小溪冲浪常知底，大海观潮难见沤。
借得波光照华发，黄昏剪影任君留。

四

心上从来不驻秋，旧楼别后有新楼。
穿肠绿酒无须醉，过眼青云岂用求。
百尺丝纶藏钓饵，一轮明月荡浮沤。
大川自有大容量，借得轻舟任去留。

五

一叶难知整个秋，霜风不度岳阳楼。
行藏孰选终无悔，忧乐谁先自有求。
眼界纵横三百里，心潮起伏万千沤。
洞庭澄澈如明镜，抱膝长吟身影留。

丁益喜（湖北武汉）

步韵郑欣淼会长《七十咏怀》

一

韶华风发岂匆旋，镐渭清明月皎然。
文笔流芳赓绝响，心声掷地起云烟。
魂牵一脉三江水，雅颂初衷双百年。
京汉梁园同唱和，此生有幸结诗缘。

二

古稀熟虑未龙钟，偶像萦怀宗大公。
直面豪门眉冷对，秋怜寒士韵呼雄。
叭儿落水痛鞭打，鹰犬穷途吠日虹。
洞烛殷殷有憎爱，拳拳禅释唤寰中。

三

经典风骚教化渐，秘潜学海纵深探。
临渊倡学穴藏虎，近宇肇基天染蓝。
万丈龙潭人世镜，九宫玉箧大千谙。
斑斓秋色鉴今古，风雨流年思正耽。

四

一生嗜韵兴匆匆，享誉文坛篇什鸿。
阅尽黑红三两色，滤清尘世万千重。
雪山伴月高天厚，华表朝阳紫殿胸。
定格风情知纸贵，长城内外觅稀踪。

五

一生风雨涤清秋，万水千山知几楼。

汗闪半腰图再上，梅开满屋健当求。

初衷有梦早为栋，心底无私何泡沤。

智叟砻磨诗酿醴，雪鸿步步美名留。

万良运（湖北荆州）

奉和郑欣淼会长《七十咏怀》韵

一

渭绕长安五百旋，浪追千里自酣然。

青春喜沐秦川雨，白发常萦涿郡烟。

脱去紫袍兴故院，拾来彤管忆华年。

历艰扛鼎诗坛筑，邀得骚朋广结缘。

二

字似莺鸣语似钟，声声入耳悦诸公。

匠心专著果双硕，才气高扬心自雄。

笔下呼来风伴雨，诗中显出日生虹。

豫山老杜惟君合，谁与先生再折中？

三

欧风百载向东渐，禹甸丘坟久未探。

老叟韦编头驻白，故宫学说艺超蓝。

三千苦乐常抛掷，四五书经尽晓谙。
欲识彤居勤秉烛，一生唯有此心耽。

四

人生回首叹匆匆，归去来兮似塞鸿。
每摄名山程万里，欣留老伴影双重。
相机轻便常携手，色彩斑斓尽入胸。
最是泰姬陵下客，西行苦旅有芳踪。

五

鬓挂银丝不是秋，岳阳邀友好登楼。
乡愁缕缕波中洗，洛纸篇篇韵里求。
为宦忧民知进退，换心存谊弃浮沤。
吾今唱和新春至，遥寄红笺雅意留。

干章焕（湖北黄梅）

敬和郑欣淼会长《七十咏怀》五首

一

郑公宦海定波旋，著作等身仍逊然。
血荐韶光浇故土，神萦桑梓望炊烟。
晚霞铺锦裁多卷，紫阙勘经越百年。
耆老从心不逾矩，吟坛唱和广人缘。

二

鼓呼传统撞黄钟，耽溺诗文法两公。
实录疮痍怜百姓，直戳病灶树人雄。
胸中锦绣登高律，笔底烟霞望岳虹。
文脉传承薪火旺，投抢匕首发硎中。

注：①登高、望岳，杜诗名篇。②发硎，磨砺。

三

文脉绵长大道渐，守藏吏令宝珠探。
故宫学创功如海，德劭才彰青胜蓝。
十五春秋欣慰度，三千青史了然谙。
犹钦老骥征途远，正契桑榆景色耽。

四

千山踏遍总匆匆，两册影集留雪鸿。
青藏风光天湛湛，故宫殿宇影重重。
山川丽景裁长卷，今古豪情荡壮胸。
最忆恒河沙上月，菩提故里访佛踪。

五

黄花丹桂竞高秋，庆寿推杯松鹤楼。
育子充闾堪大任，养神健体更无求。
七旬风雨凭蓑过，三界红尘不泡沤。
仰望高山嗟峻峭，诗坛巨擘雅声留。

注：充闾，儿孙光大前人基业。

王崇庆（湖北荆州）

步郑欣淼先生《七十咏怀》诗韵

一

欲海横流骇浪旋，脚跟站稳自巍然。

胸中国是重如岳，眼底权钱淡若烟。

挥笔纵横三万里，笑谈上下五千年。

白云待割添君楮，广结诗朋翰墨缘。

二

岁岁谁敲警世钟？初心不改对天公。

催耕村镇诗乡美，坐论文章鼓角雄。

一片奇襟堪沥胆，千篇佳作已成虹。

约君待到梨花雪，舟泛荆江明月中。

三

百万诗迷教化渐，上穷碧落月珠探。

君扬大纛红如火，我愿后生青胜蓝。

万里长征人未歇，千篇歌赋意初谙。

为圆国梦魂先铸，白发满头犹永耽。

四

人生何苦叹匆匆，且看凌云展翅鸿。

屐踏名山程万里，诗吟大海浪千重。

紫垣城影常来梦，青藏风情尽印胸。

记取恒河秋夜月，菩提树下有行踪。

五

几经风雨几经秋，难忘初逢黄鹤楼。

华岳松贞千里誉，洛阳纸贵万人求。

铸今熔古扬诗教，品宋评唐弃泡沤。

血荐轩辕吾亦是，举杯欲挽放翁留。

王明松（湖北武汉）

步韵郑欣淼先生《七十咏怀》五首

一

诗海遨游期凯旋，闲居敲韵自悠然。

书斋窗口望明月，笔架山峰落墨烟。

红土黄花融大卷，青天蓝海咏长年。

古今雅调声扬远，艺苑吟坛善结缘。

二

朝霞万丈响晨钟，心底无私彰大公。

百里云空排阵雁，千家诗赋唱群雄。

江南烟雨多风采，塞北冰霜映霁虹。

赓和接龙今古韵，骚台曲苑笑谈中。

三

诗乏空灵吾自渐，春风化雨露珠探。

前庭屋后翠增紫，后浪波前青胜蓝。

凑句必然言阻滞，随心飞动意通谙。

交融情景物华美，老有欢欣举目耽。

四

顿生灵感笔匆匆，屏寄诗笺笑骞鸿。

皎月稀星情万种，硝烟刁斗意千重。

雄关古塞昌明景，榕水东山宽阔胸。

战友情深深似海，笑谈军旅忆行踪。

五

长江情满谱春秋，战友欢登黄鹤楼。

流水行云心迹爽，崇文尚武俊才求。

征程风雨有何惧？游旅德仁休泡沤。

淬炼军魂光闪亮，长歌一曲世间留。

王毓情（湖北大冶）

步韵郑欣淼先生《七十咏怀》五首

一

令名远播惠风旋，锦绣襟怀气慨然。

紫禁城头描胜景，昆明湖畔写晴烟。

胸藏故国五千载，笔赋新潮四十年。

正是英才逢盛世，神州万姓结诗缘。

二

博经堂上响洪钟，国粹传承赖此公。

茹古含今才俊雅，惊神泣鬼韵豪雄。

情如旱地施甘雨，气似苍天挂彩虹。

矩正从心年七秩，依然身在坦途中。

三

墨发清香香四渐，雄词警句此中探。

名追屈宋词兼赋，志在人文青胜蓝。

七十今朝无谓老，万千世味得深谙。

骚坛幸有擎旗手，纛引百家何用耽。

四

寒暑代迁来去匆，骚人意气付飞鸿。

领航学海精神振，敬业芸窗烛影重。

华丽诗笺昭史册，新奇词藻豁心胸。

而今吟咏绝佳句，乐得吾侪紧步踪。

五

满怀才德赋清秋，高有元龙百尺楼。

白雪阳春非易和，锦心绣口实难求。

胸襟旷达斯为美，岁月峥嵘不用沤。

如此妙音金石韵，惟期长赐莫停留。

王　序（北京）

步韵郑欣淼先生《七十咏怀》

一

行藏留趾认尘旋，襟抱清开倍雅然。
岭上高风怀圣塔，梦中闲棹武陵烟。
寻常岁月凭怜夕，往复春秋不计年。
七十华筵酒红透，龙须长挑惜辰缘。

二

朝闻谯鼓暮闻钟，砥砺声声勉学公。
一袭秋风怜宋玉，满床书卷比扬雄。
芸窗敞对暾升日，鹦盏高擎夜吸虹。
平仄铿锵敲韵朗，吟情尽在不闲中。

三

人生濒老始渐渐，水远山长曲折探。
海里淘沙珠脱蚌，火中炼石玉呈蓝。
一泓才思凭新咏，八斗文章葆旧谙。
铁笔铮铮风落拓，红墙深院著书耽。

四

七十春秋莫觉匆，遥途征旅励秋鸿。
青阳照影花成叠，紫阙垂帏暮掩重。
阁夜深深星额首，园春盎盎竹填胸。
士林交契携同道，学海无涯处处踪。

五

露滴疏桐洗素秋，天涯望尽倚西楼。
景萧萧也应无际，路漫漫兮争索求。
竹案裁诗笺厚落，鹅池染翰墨深沤。
北窗不负耕耘意，自有风云好句留。

王景山（黑龙江）

步韵郑欣淼先生《七十咏怀》五首

一

七秩从容奏凯旋，障泥卸罢自怡然。
驱车夜赏卢沟月，泛棹晨吟渭水烟。
风雅笙箫三百首，时空胸臆五千年。
君侯若有余威在，造福黎民便是缘。

二

回眸无愧景阳钟，勤为黎民俭为公。
解甲燕云辞旧部，擎杯桑梓宴时雄。
岳王庙畔三更月，黄鹤楼头七彩虹。
千古兴亡多少事，些些化入小诗中。

三

春去秋来物候渐，枯荣次第不须探。
柏梁台上观星月，玄武湖中访绿蓝。

梦绕苏堤秦可唾，身趋函谷道应谙。
年方七秩何言老，仄仄平平共叟耽。

四

七秩回眸百事匆，连翩恰似北归鸿。
长河飞渡啾声远，大野逡巡旅跡重。
黄鹤楼头花乱眼，浔阳江上浪舒胸。
于今不待承明漏，桑梓燕云有叟踪。

五

剩抹斜晖料晚秋，犹扶筇杖缓登楼。
无穷前事由天主，有限余程任我求。
七秩从容途易省，三关壮烈志难沤。
红尘检点千般憾，窃喜微名正册留。

王本义（加拿大）

恭和郑欣淼先生《七十咏怀》五首

一

渭川起步几经旋，脱颖京华讵偶然。
心逐幽燕展才气，神牵紫禁袅宸烟。
理疏文物多如许，风雨征程不计年。
汗水浇花宫与阙，有功禹甸再攀缘。

二

一腔热血遣怀衷，致力骚坛有郑公。
护理宝珍身不倦，倡研宫学志犹雄。
初心成就功居讳，文化兴荣气若虹。
探古鉴今从不辍，孜孜求索海山中。

三

年臻七十岁华渐，镂月裁云肆力探。
文苑上空天朗朗，翰洋深海水蓝蓝。
力求猎史心倾注，志在传薪事必谙。
老骥奋蹄图所望，故宫学倡倍思耽。

四

大千世界去来匆，杏圃网屏留爪鸿。
心系文渊思万绪，情耽紫禁念千重。
事为精进勤于脑，人欲功成筹在胸。
忆往思今足欣慰，屐痕处处有行踪。

五

斑斓红叶爽金秋，欲览风光且上楼。
绮梦织成今引退，壮心不已续追求。
景山胜境留佳什，北海清波笑浪沤。
七十古稀无憾事，诗人德范口碑留。

王鸣高（辽宁）

恭和郑欣淼会长《七十咏怀》

一

青山秋后几盘旋，人老尘中梦浩然。
正气长留清似水，精神永续淡如烟。
执鞭为幸春蚕路，伏骥成雄龟鹤年。
鸿鹄游踪依旧在，知君有愿此生缘。

二

也曾拜学步晨钟，遗憾余生未识公。
纬地惊天宏墨丽，匡今引史圣文雄。
求粘雨露升明镜，欲闯江湖照彩虹。
犹解尘缘惟梦外，闲书月下在心中。

三

天诱其衷逐日渐，平生有幸得亲探。
帝王城内求真谛，翰墨林中巧入蓝。
情与星同情不尽，貌随年改貌难谙。
离人独上常无暇，乐倒诗翁寄所耽。

四

春来冬去岁时匆，望断烟江列阵鸿。
法帖佛碑天一片，明风清韵岭千重。
镜凝宫苑青山月，情放高原赤子胸。
探古传今寻胜迹，梦归何处是仙踪。

五

古稀白发渐迎秋，句写桃符得月楼。

当有牧春从此学，还须种玉向斯求。

苍茫梦里长歌曲，浑厚情中寄兴讴。

灿灿夕阳萦远志，穿云追日墨痕留。

王运德（云南）

步韵郑欣淼先生《七十咏怀》五首

一

七十人生风雨旋，沧桑阅尽自当然。

梦中每忆西京月，笔底常萦渭水烟。

秦岭裁来能作画，燕云截出可延年。

古稀从矩心犹壮，一路领军诗结缘。

二

长聆雅韵警清钟，文力能追周杜公。

似剑青锋比诗圣，如刀投笔更豪雄。

一峰吟唱飞雷电，两卷翻开现彩虹。

纸贵洛城今再现，含金吐玉颂扬中。

三

郑公学问日新渐，欣倡方城宫史探。

淼筑文渊成赤紫，才扶后辈出青蓝。

高天厚土心思报，有德重情人尽谙。

上寿当前年尚少，诗宗词海任长耽。

四

休道征途总是匆，相机一举剪惊鸿。

紫垣物影文无价，青藏人情山不重。

抓住清风留岁月，撷来白雪壮心胸。

如今钱袋应还鼓，欧美南非可摄踪。

五

北海衙门好个秋，文人小聚到公楼。

儿孙自有儿孙福，老辈能追老辈求。

三友岁寒经雨雪，一身铁骨任淹沤。

登高挥唱群山和，万里回音万古留。

王战伟（河北）

步韵郑欣淼先生《七十咏怀》

一

逍遥蝶梦梦飞旋，天地往来思杳然。

紫禁城头一片月，长安故里几重烟。

书屋淡远读三昧，花径清新扫旧年。

遥叩星辰山海祝，程门立雪话前缘。

二

长安青海两情钟，忽梦悠悠到故宫。
千里江山存古迹，五车骚雅领群雄。
登高放眼云托岳，铸剑横眉气贯虹。
天地苍茫风骨在，大音镗鞳不言中。

三

列国神游耳目渐，高天厚土管锥探。
一炉造化纯青火，万种风情孔雀蓝。
老杜坡仙神几醉，太和紫禁昧初谙。
从今更有诗人味，细雨骑驴思正耽。

四

步追霞客影匆匆，高举冲天展翅鸿。
青海长云山雪亮，红墙碧瓦梦幽重。
晶莹一片心怀古，顿挫千行气荡胸。
游罢归来舟不系，闲居渭水钓浮踪。

五

金碧辉煌春共秋，天安五凤几登楼。
沉浮过也天伦乐，归去来兮逸笔求。
仄仄平平多故事，潇潇洒洒近沙沤。
少陵鲁迅邀明月，畅叙兰亭好梦留。

王展鸿（江苏盐城）

敬步郑欣淼会长《七十咏怀》五首

一

气爽北风红叶旋，诗笺拾得喜飘然。
鸿儒名震上林苑，英杰功成下夕烟。
万卷九秋槎瀚海，七旬千里志韶年。
满斟景仰遥相寄，霜傲黄花幸有缘。

二

古城灵秀自天钟，酥雨仙风催钜公。
杜圣云头夸韵杰，鲁翁心底赏文雄。
烛传犀照新旗手，句解诗裁贯日虹。
七秩先生九霄志，莺飞草长早春中。

三

毓秀芝田仙露渐，神枝折得竭心探。
临槎始览三山翠，拨雾终开一片蓝。
白雪骚翁名远振，经纶满腹事深谙。
霜眉舒处见高阔，笑倚东风春意耽。

四

世间胜景去留匆，刹那快门抓过鸿。
泥爪雪痕图种种，藏风帝迹影重重。
偷来喜玛魂清玉，借得皇宫气傲胸。
心语还凭摄中诉，佛台明镜绝尘踪。

五

菊桂淡淡妆盛秋，天伦福满乐欢楼。

荫浓大树风霜蔽，叶密雏鹰羽翼求。

沧海倾情观旭日，红尘不屑泛浮沤。

德高望重人增寿，榆老芽新翠永留。

王巨山（吉林）

恭和郑欣淼先生《七十咏怀》

一

星辰序顺竞周旋，无限风光岂豁然？

情自澄城田亩韵，才因洛水雨帘烟。

生花妙笔惊唐月，灵动词章续宋年。

七十初心仍未改，携虹带梦景山缘。

二

探索衡梁有独钟，挥毫凸显树人公。

情投案牍怜民苦，心系书山盼国雄。

两朵鲜花缘梦景，一生雨露满园虹。

夕阳静静温馨恋，无限风光妩媚中。

三

博物雄姿岁月渐，辉煌造就领军探。

导游受赞皇城美，出访寻来海域蓝。

不老情怀呈大爱，未消志向探深谙。

耆年照旧风流在，秋实春华好运耽。

四

如歌岁月步匆匆，盛世精华照九鸿。

定格高原丹采秀，留存海域史诗重。

山川韵美藏丘壑，相册图腾荡腹胸。

收集风姿添趣味，天南地北见行踪。

五

时逢盛世正迎秋，尚展英姿北海楼。

寿福绵长缘好运，德高望重续追求。

情钟楚赋疑春梦，汗洒诗坛笑水沤。

靓丽人生无憾事，清风明月韵传留。

王声富（咸宁）

七律五首
怀念母亲（步郑欣淼先生七十咏怀韵）

一

严冬丑夜冷风旋，抢地呼天亦枉然。

游子无成成孝子，炊烟不起起香烟。

灵前长跪徒三哭，日后哀思到百年。

来世但求佛祖念，与娘再续此生缘！

二

布衣岂妄粟千钟，乳女烟联贫相公。

半岁随夫早改姓，一生由命不争雄。

门单户薄含清苦，苦尽甘来见彩虹。

只道年年春照旧，浊眸衰齿老垂中。

三

气弱心衰行大渐，子孙三世泪相探。

面枯平静慈如月，唇启叮咛青胜蓝。

未有钱财膝下数，但传恭俭后人谙。

病床撒手三更尽，月黑风高夜永耽。

四

星移物换太匆匆，又见涂泥踏雪鸿。

黄表青烟情切切，寒山素水雾重重。

浮云朝露花垂泪，落日残霞气结胸。

七七楼台翘首望，奈何处处影无踪。

五

忽忽人生几度秋？百年难免卧坟楼。

人情世态花间看，伦理初心物外求。

乐善好施当本分，锦衣肥马作浮沤。

他年寻母黄泉路，鬼怪妖魔岂敢留。

文炜林（湖北宜昌）

步韵郑欣淼先生《七十咏怀》五首

一

轻骑一去似风旋，跃上云台我屹然。

冷对清辉孤独月，淡看天碧散寒烟。

灵猫垓极三千仞，银杏青黄九百年。

携手从心道犹在，凤凰山结凤凰缘。

二

冥想奇思到晓钟，案头掩卷梦周公。

春兰秋菊沉香郁，孟頫羲之竞逸雄。

简古凝神书秉烛，纤秾奇巧画霓虹。

功夫老辣因何在，韵谱埋金不语中。

三

文渊邈邈岁华渐，学采骊珠谨慎探。

古韵绕梁歌瀚海，新诗着墨蔓青蓝。

流年虽老芳菲歇，征路不停蹇步谙。

雕朽漫看云碧日，斑斓冬叶映山耽。

四

人生到处路匆匆，恰似漫漫踏雪鸿。

久历寒霜铺嶂叠，曾书佳作上楼重。

浮云有意遮望眼，悬月无眠好坦胸。

最是天开新霁日，樱桃河畔觅行踪。

五

穿杨折桂奉春秋，学武从文誉满楼。

刘累训龙何失信，汪锜卫国有追求。

向来豪杰多爽朗，最怕小人来泡沤。

同道本应携手进，几多教训应长留。

毛声芝（湖北武汉）

恭和郑欣淼会长《七十咏怀》五首
东湖游兴

一

东湖绿道万轮旋，共享单车成蔚然。

老奶银丝飞鹤羽，小孙红颊映霞烟。

人潮澎湃叹今岁，心海翻腾忆昔年。

三姊一骑呈杂技，古稀未了与君缘。

二

楚天台上赏编钟，诚挚感恩曾国公。

五律回旋声盖世，千年演奏乐称雄。

二人禅寺断尘念，一曲仙音飞彩虹。

大气盈然书锦帛，恢宏绝唱宇寰中。

三

荏苒光阴逝水渐，东湖美景始新探。

漫游绿道迷青碧，荡漾清波醉蔚蓝。

道法自然方领悟，天人合一正初谙。

鸟鱼花草皆珍惜，共处和谐心永耽。

四

祖孙三代兴匆匆，落雁岛中观落鸿。

攀越索桥身颤颤，徐行林地影重重。

汉流交错波炫目，众鸟纷飞气荡胸。

北往南来荆楚美，芦洲泽畔驻芳踪。

五

马鞍山上赏金秋，气爽天高登塔楼。

俯瞰东湖收眼底，何须仙界太虚求。

层层霜叶如虹景，片片兰舟若彩沤。

有幸桑榆移楚汉，芳洲泽畔乐居留。

毛亚东（浙江宁波）

步韵郑欣淼先生《七十咏怀》五首

一

江南秋雨忽如旋，叶落春残岂偶然？

莫道经书古今事，语难惊世去苍烟。

友人相见若相问，别是随风已暮年。

唯愿当歌觅佳句，仰天大笑结诗缘。

二

抬头墙上自鸣钟，酒入愁肠有一公。
醉罢随心说今古，闲来纵笔论英雄。
人生七十燃犀烛，大爱寻常贯日虹。
佳语风光何处去，难逢知己尽情中。

三

摇落深宫岁月渐，人生百味颔珠探。
凉风极目鬓初白，且喜传薪天更蓝。
一卷诗书竟无歇，九州春色问心谙。
如斯万里西风劲，惟有兰舟不必耽。

四

天涯何处不匆匆，墨韵含英留雪鸿。
浓郁书香情万种，诗词门第友千重。
老翁漫步看天路，新学故宫凭荡胸。
岁月无情须淡定，深宵独坐觅仙踪。

五

白堤漫步是清秋，难得西湖楼外楼。
老友重逢千杯少，初心不忘复何求。
前尘旧事缘皆定，阔别愁因不恨沤。
如梦年华随梦去，诗余小唱识人留。

毛瑞华（河南洛阳）

步韵郑欣淼先生《七十咏怀》

一

风怀万里凯歌旋，声振吟坛岂偶然。
笔下春秋融紫禁，胸中丘壑涨岚烟。
珠峰探路非关雪，史海沉钩不计年。
直上文渊量岁月，宫门一入结真缘。

二

凭窗岂问鼓和钟，胸宕流岚是郑公。
风过犁开千里浪，云舒见证百年雄。
一支椽笔书青史，三寸丹心染彩虹。
著得春秋与身等，修为自在不言中。

三

雕得文心岁月渐，吟成今古史风探。
深宫一梦三分寂，玉宇千重万里蓝。
几度流年勤作主，无边学海苦曾谙。
扬鞭莫道浮生老，无限风光意自耽。

四

问水登山脚步匆，清幽景里掠飞鸿。
高原留下情无尽，金殿铺成梦万重。
一镜风光能得韵，千家灯火可填胸。
悠悠岁月都收好，剩有云怀伴鹤踪。

五

一笔金风万点秋，江枫渔火入云楼。

春思不计随天老，世事何须着意求。

吟得人生终有梦，凝成烟雨可浮沤。

回头已远名和利，但许常将好韵留。

方国礼（安徽）

步韵郑欣淼先生《七十咏怀》五首

一

高歌响彻为谁旋，无愧人生自坦然。

惜别犹持灞桥柳，虔诚聊逐庙堂烟。

天南地北留真迹，诗海词坛裕晚年。

爱好由来宜老少，厚今薄古话前缘。

二

家悬叫早自鸣钟，画像堂前世仰公。

万里驭鹏谁敢侮，九天揽月气何雄！

进京赶考明如火，建国诚言贯若虹。

伏枥耻争名与利，偷闲时在自由中。

三

往事悠悠业未渐，茫茫珠海会神探。

尘埃尽扫地还洁，生态如期天变蓝。

国学精深宜饱读，诗词奥妙悟终谙。

领军尽责劳心力，一缕阳光暖正耽。

四

悠悠万事惜匆匆，未想红尘印爪鸿。

雪域风光观不足，故宫气象叠无重。

快门按下弥青眼，点滴合成开阔胸。

学摄多年常逆水，只今吾欲步师踪。

五

桂开二度值深秋，愈溢清香漫小楼。

遴选市花当可慰，恭培盆景欲何求。

披荫碧叶遮炎虐，祛疾青皮和酒沤。

根扎乡关多茂盛，等身著作世传留。

木 楼（四川）

步韵郑欣淼先生《七十咏怀》

一

从来大事费周旋，越上高峰越屹然。

德望持身清若水，功名过眼淡如烟。

直追日月八千里，惯看风云七十年。

向晚更驱光和热，不教有意叹无缘。

二

半日千言茶一钟，敢凭治学喻荆公。
曾经世故容颜改，却看书生剑气雄。
盈耳笙歌期大雅，蘸毫墨彩绘新虹。
风霜不过催人老，何奈清香到梦中。

三

韵雅长如碧水渐，兴高吟得首微探。
纵才便涨桃花汛，遣句犹嵌宝石蓝。
寂寞林泉先自许，寻常烟火几曾谙。
同行报有春风到，却为拈须月下耽。

四

自别秦川行色匆，京华烟雨浴征鸿。
前朝宫殿三千叠，北地关山九万重。
为范孤标甘俯首，每临大事敢拍胸。
身先踏雪留痕在，好叫寻梅认旧踪。

五

不负光阴七十秋，雪泥浅唱上层楼。
人间正气笔端是，翰海新花灯下求。
穷竭曾教催愿景，等闲未敢叹浮沤。
山重二万八千里，两袖清风任去留。

尤俊如（江苏）

步韵郑欣淼先生《七十咏怀》五首

一

诗肠一日几回旋，羡煞身心两快然。
健影鸿踪频入眼，浮名蝇利淡如烟。
埋头故纸不迂腐，焦尾新声宛过年。
七十咏怀天下应，得风得雨得人缘。

二

红墙旷载最情钟，夙夜无休总在公。
书就五车工部韵，诗成七步翰林雄。
总夸俯首帽遮脸，时解横眉气若虹。
故国皇家灯火下，大师还在咏雩中。

三

霜雪何妨斑鬓渐，腹中锦绣未容探。
曾看秦岭山呈翠，犹唱渭河潮出蓝。
味在三馀中外晓，书通二酉古今谙。
临霞弄影诗心在，夕照桑榆情不耽。

四

七秩犹然行色匆，公身直可比征鸿。
风光北国裁千载，烟雨江南摄几重。
世上炎凉悉过耳，民间疾苦了于胸。
传奇故事无穷尽，一按快门留印踪。

五

宦海归来七秩秋，吟朋祝嘏聚樊楼。

传柑夺酒曷其乐，分韵高歌何所求。

岁月难违成长老，年华从未作漂沤。

情怀依旧口碑在，多少好诗人欲留。

邓国琴（湖北武汉）

恭和郑欣淼先生《七十咏怀》五首

一

风过秋山枫叶旋，黉门求学态怡然。

抚琴弄曲似流水，起舞飘纱赛锦烟。

墨染江山三万里，诗追唐汉两千年。

晨曦夕照频追梦，我与芳词最结缘。

二

汉口江滩鸣晓钟，一轮红日映长空。

窗含西岭黛眉浅，浪卷东波气势雄。

遣兴题诗吟月桂，怡情研墨舞长虹。

秋风最解伊人意，雅韵吹来入酒中。

三

三载学诗循序渐，寻芳书海待长探。

惯看后浪推前浪，惟冀天蓝胜海蓝。

踏雪寻梅花正放，跋山涉水韵初谙。
薛笺挥就寄鸿雁，漱玉惹人心正耽。

四

过隙白驹时太匆，冬来秋去望飞鸿。
耕云播雨地千亩，随李追苏路九重。
笔落三江起波浪，足登五岳荡心胸。
何时锦瑟芬芳韵，诗醉流霞留影踪。

五

桂子飘香好个秋，艳阳高照映琼楼。
热衷山水吾沉醉，淡泊功名孰乞求？
致学征途经雨雪，寻珠大海去浮沤。
回眸岁月等闲过，唯有耽诗佳句留。

巨志更（河北）

步韵郑欣淼先生《七十咏怀》五首

一

沧桑历尽路千旋，若谷情怀自适然。
笔底诗潮惊岁月，胸中韵海接云烟。
勤廉政务延今日，严谨文风胜昔年。
九略神通驰远目，夕阳笑对总随缘。

二

唐风宋雨见情钟，把舵多年事秉公。
纷举苍岩维岳秀，高歌盛世赛文雄。
琴心涌动诗如画，神采飞扬气若虹。
最喜古稀人不倦，笔端探宝锦囊中。

三

墨染清霜往岁渐，怡情小字若幽探。
举旗领路诗林翠，把舵掌门词海蓝。
一路艰辛神自定，三千思绪韵相谙。
秋风犹唱古稀奋，剑气凌云意不耽。

四

高秋漫度步仍匆，万里山河腾大鸿。
看菊东篱花朵朵，吟怀北阙影重重。
行囊扛起心飞梦，手杖支撑气贯胸。
览尽春华三百界，修身笃志续游踪。

五

高歌一路著春秋，硕果累累堆翠楼。
妙语送君诚有得，仁心落砚欲无求。
和风满眼总成雨，喜事盈门不起沤。
拨弄玑珠酬快意，清音雅韵好诗留。

包德珍（海南）

次韵郑欣淼先生《七十咏怀》五首

一

千丝万缕百般旋，有感东风得自然。
大殿围墙云候客，远帆长影海澄烟。
有情老地空余月，留梦故宫多少年。
自许人生时爱惜，世间难得是因缘。

二

伏案耳边长悟钟，纵横恣肆杜陵公。
明眸皓齿路谁主，幽径青山势自雄。
难处观天心似月，易时放胆气如虹。
锋芒笔下千般事，唯解迷茫风雨中。

三

仕途不计日鸿渐，宝笈经年细仔探。
老色涂墙知石绿，新荷承露仰天蓝。
人情自古谁行乐，文趣从今已入谙。
多少深宵难作寐，时将樽酒弃荒耽。

四

初开小镜履匆匆，收取风光托信鸿。
山带新容因雨过，竹摇孤影为风重。
多存路上芳华迹，尽洗尘中蒂芥胸。
莫向渔人聊一问，可从紫殿觅遐踪。

五

叶满奚囊又一秋，文盈卷轴月盈楼。

云惊万壑高低嚣，海纳千帆往返求。

不向清风酬俗味，常凭逆境解浮沤。

经年无数吟酣梦，写向芳华万象留。

冯楚星（湖北武汉）

步韵郑欣淼先生《七十咏怀》五首

一

雄鹰展翅远空旋，华夏腾飞势必然。

厂密商稠车似水，风清雨洁柳如烟。

复兴一搏三生幸，实现双猷二百年。

喜遇中枢新号令，担当不可错机缘。

二

圆梦征途响警钟，降妖除怪处心公。

肃贪禁赌严刑法，打虎抓蝇倚将雄。

强劲东风摧腐恶，浩然正气贯长虹。

树人子美英灵在，尽醉歌吟把盏中。

三

翰墨春秋逐日渐，上天眷顾颔珠探。

鸿儒饱学身沉阙，少壮勤研青出蓝。

数载宫科呼创立，大千世界鉴须谙。

稀翁道德文章好，喜庆生辰寿更耽。

四

孤旅常常行色匆，乘云俯瞰驾轻鸿。

夏风秋月情千种，冬雪春花意万重。

西走东奔观异景，南腔北调慰宽胸。

五洲朋友夸中国，带路赢來四海踪。

五

菊香露白好清秋，远望欣登第一楼。

滚滚千乘蹄奋疾，悠悠万事智谋求。

人堪夺妙争朝夕，我岂荒时作泡沤。

高举金樽歌盛世，频敲雅韵美诗留。

冯加旺（湖北大冶）

步韵郑欣淼先生《七十咏怀》

一

声名恰似暖风旋，一读华章令肃然。

字字珠玑铭史册，篇篇锦绣卷云烟。

万千岁月争时日，七秩春秋赛壮年。

正是明公能赐韵，程门学句结诗缘。

二

年高七十未龙钟，夙夕辛劳总在公。
学富五车恁奋发，书通二酉亦豪雄。
挥豪泼墨情犹炽，治国齐家气若虹。
绚丽人生多异彩，如诗如画笑谈中。

三

一代文豪志气渐，雄心敢把骊珠探。
澄城有尔花犹绿，故院无尘水更蓝。
世界风云能洞晓，中华历史甚详谙。
诗坛幸出擎旗手，岁岁繁荣何必耽。

四

先生健步总匆匆，踏遍城乡留雪鸿。
西北怡情情脉脉，东南亮影影重重。
诗词事业常萦脑，精品蓝图总在胸。
我欲蟾宫攀桂子，惭无点墨紧跟踪。

五

风风雨雨几多秋，修缮名宫八百楼。
对党对民唯有爱，于家于己更无求。
敢将正气驱邪恶，赢得工程未泡沤。
魂梦为劳心力瘁，丰功伟绩永长留。

石 钧（湖北大冶）

步韵郑欣淼先生《七十咏怀》五首

一

源在澄城任转旋，欣观浩淼总怡然。
长安一片铭心月，永乐千秋过眼烟。
且把诗文吟卷卷，还从宫阙阅年年。
夕阳红处堪回首，辉映五湖皆结缘。

二

关注民生警世钟，胸怀杜圣与周公。
领衔九域诗词妙，宏论千篇气势雄。
韵矞风云惊日月，情萦肝胆贯霓虹。
稀龄孺子牛何老？负重前行不息中。

三

五旬又五运鸿渐，执掌故宫文物探。
学海无涯腾浪碧，书山有径展图蓝。
独研立法千方晓，互访融冰两岸谙。
岁月如歌歌一路，十年心血为谁耽？

四

际会风云过眼匆，人生留得几泥鸿？
珠峰雪化情千缕，紫禁城凝景万重。
焦距调来虽在手，快门按下尽存胸。
相机为伴相机动，不忘初心忆旧踪。

五

橘绿橙黄菊紫秋，举杯邀月上琼楼。

吟成几律临风赏，寄向五洲将和求。

从此征途无坎坷，笑他宦海有浮沤。

欣逢盛世好圆梦，盈耳笙歌大雅留。

石光明（河南）

步韵郑欣淼先生《七十咏怀》五首

一

劲歌一曲耳边旋，荡气回肠唱自然。

已逝韶华形入梦，曾经往事影如烟。

重温华夏五千史，再借芳龄三十年。

依矩不逾情志爽，书香结得宋唐缘。

二

耳边震撼响洪钟，高诵抒怀和郑公。

冬夏风中昭冷暖，春秋册里识英雄。

传承大美精神振，吟咏真诚气势虹。

两部宏编知鲁迅，一腔豪迈涌心中。

三

厚重文章日月渐，堪教雅士梦中探。

兰台考史诗留韵，楼榭育才青出蓝。

挥洒宏辞情感富，穿梭古籍律音谐。

雄心不老胸怀阔，求索依然豪气耽。

四

相机拾趣履匆匆，海北天南印雪鸿。

西域风光收百味，东方文化摄千重。

有形图画辉煌影，无限情怀宽广胸。

游历汇编呈大美，人间处处有仙踪。

五

人生最爱赏金秋，一曲欢歌登紫楼。

盛世唐音宏志达，清平宋律美声求。

常于壮岁搏风雨，不染红尘笑水沤。

遥忆曾经来日路，几多感慨雅诗留。

皮青华（湖北长阳）

步韵郑欣淼先生《七十咏怀》

一

莽莽晴山犹自旋，纵横叠嶂尽陶然。

一腔闲趣催轻步，几路高风落暖烟。

石上逍遥知哪处，松间散淡是何年？

未论辛苦初心爽，同与樵夫笑结缘。

二

奔劳萧瑟响沉钟，效力贫家自为公。
大业何能轻百姓，微身岂敢小英雄。
梯田错落飞冬鸟，迭起层峦挂晚虹。
但使归来披晓月，丹心梦语在车中。

三

随访农夫白发渐，与他园上试查探。
茶山翻土犁刀冷，秋草沤肥坑水蓝。
秽物难闻君莫鄙，辛劳长想事曾谙。
不该忘却田间苦，养我如斯梦里耽。

四

深耕路上也匆匆，偶望层云见北鸿。
留守心思酸辣久，空巢滋味万千重。
野村琐话言含泪，小院独居愁占胸。
问起摇头常在外，一年到了待寻踪。

五

长途漫漫历春秋，未觉辛勤驻小楼。
黄犬柴扉餐尚足，青牛霜草梦何求。
手机问客传温煦，网络答疑除幻沤。
好事行来心不累，扶贫路上待诗留。

白翠萍（安徽）

步韵郑欣淼先生《七十咏怀》五首

一、大道自然

阴阳万物永回旋，大道无形本自然。
尘世南柯作一梦，飘然玉宇走云烟。
平生笑对诸般苦，济世宽容岁百年。
善待他人吟律句，贤良雅士结诗缘。

二、茅仙洞

茅仙道观击铜钟，端坐正厅茅氏公。
四季花开林密郁，孤舟碧水立山雄。
风来能起云和雾，雨过惊观霓与虹。
徒子心诚步步拜，升天鸡犬在其中。

三、舜耕山

舜耕一脉月初渐，舜帝为民温饱探。
治理高山松柏绿，垦荒种植映天蓝。
青坡新建育群众，世界和谐共熟谙。
漫道君临七十岁，愿为黎庶写迷耽。

四、磨炼

人生来去总匆匆，我愿文坛变雪鸿。
冬往春来情种种，千山万水影重重。
春风秋月天开眼，鹤发童颜回荡胸。
半世蹉跎今已去，淮河波浪觅无踪。

五 游太平湖

乘风破浪碧波游，几点汀洲绣绿绸。

洗去身心污浊气，拂掸尘世莫名愁。

霞光闪闪耀藤岛，翠鸟双双追快舟。

老眼醉眸应不暇，诗林忽见望仙楼。

卢力华（安徽）

步韵郑欣淼先生《七十咏怀》五首

一

诗怀如海气如旋，卷起狂澜本自然。

引领神州兴雅颂，调和文史净烽烟。

政坛建树铭清誉，学界开山启百年。

跨越古稀身更健，吟成新韵聚仙缘。

二

著成每每奏黄钟，心系黎民但为公。

指点人心求善美，反思文化铸豪雄。

追贤究典深明髓，激浊扬清上贯虹。

感事兴怀吟雅韵，殷殷何止在言中。

三

八百年间韵味渐，禁宫深锁待研探。

忍看珍宝灰蒙面，谁领风骚青胜蓝。

细理精梳明已见，横挑竖比入心谙。
登堂一倡群贤应，国士支招心渐耽。

四

南天北国忆匆匆，胜迹名城思渐鸿。
指点蓝图情绻绻，运筹诗思意重重。
闲调焦距皆成景，漫吐新词恰点胸。
裁剪风光惊俗眼，教人艳羡访行踪。

五

古稀华诞喜逢秋，健步开怀更上楼。
艳艳黄花随摘取，猩猩红叶任搜求。
高怀有意吟松柏，劲节无心逐浪沤。
双甲重新开寿宴，吟将好句箧中留。

卢彦秋（吉林）

步韵郑欣淼先生《七十咏怀》

一

云日东波总转旋，春花秋月亦欣然。
攀登古木留陈迹，揽胜风光醉紫烟。
长白吟声招雅客，响铃寄韵赋华年。
七旬当重夕阳短，振藻文坛尽有缘。

二

传承千载是黄钟，响彻吟坛誉杜公。
报国情怀文顿挫，怜民诗赋句豪雄。
云程得气逢甘雨，笔路生辉绘彩虹。
难已壮心思孟德，人生余味在心中。

三

如梦年华不觉渐，红尘数度总前探。
易经求索知食墨，雅海穿行品蔚蓝。
醉月风情光有曜，观枫霞色意通谙。
希年盛世襟怀远，竹柏同心可共耽。

四

岁月如梭步履匆，烟霞留影似飞鸿。
春游胜境欣三岛，秋踏名山数几重。
国学常温明世路，心灯总亮豁心胸。
夕阳乐赏枫红色，不尽情怀继旅踪。

五

菊傲枫红到晚秋，吟坛七载又登楼。
文园暖地花常艳，雅海强心士总求。
教化群生堪得道，弘扬国粹莫浮沤。
高风承世尊英秀，今古完人韵喜留。

海山缘
——郑欣淼《七十咏怀》赓和集

左自坚（湖北大冶）

次韵中华诗词学会郑欣淼会长《七十咏怀》

一

北国清音绕耳旋，诗翁七十亦昂然。

金风蓊菊烘时雨，玉竹虚怀豁晚烟。

杖隐书山闲觅古，情醺墨海乐忘年。

故宫一日身濡染，志在琼林了夙缘。

二

吟坛漫彻景阳钟，笑领春风数郑公。

一赋海棠文鼎盛，九维岁月志谋雄。

重辉紫禁蒸霞蔚，又向青山架彩虹。

不吝余情三万里，诗花遍种八荒中。

三

莫道稀年日已渐，言君谁不索珠探。

挠头觅句难为我，扫案呈诗胜作蓝。

以律传情云友和，维新缮古普天谙。

绿眉何惧霜花染，南亩躬耕未肯耽。

四

秦岭风过秋色匆，渭南父老眺飞鸿。

吟坛树帜蜚声满，境界高标并德重。

八斗才情瞻似岳，千年历史砥于胸。

鲲鹏振翅穷其影，探海蛟龙敢觅踪。

平生七十艳如秋，无限风光一满楼。

叶绿花红何所已，天高云淡是追求。

不垂渭水沽名利，只濯沧浪笑水沤。

祝寿毋须饕餮宴，君诗五首世间留。

华先龙（湖北大冶）

步韵郑欣淼先生《七十咏怀》五首

一

鸿开云路曲回旋，风雅人生一了然。

冶梦诗丛呈壮志，骋怀学术扫岚烟。

笔收紫阙千般幻，心浴清河数百年。

有幸骚坛萦絮语，华章读罢结君缘。

二

仰旌高唱伴晨钟，华夏鸿儒推此公。

诗继少陵千古绝，文彰鲁迅一时雄。

渭川清誉堪明月，京阙宏章眩彩虹。

杖国庚长长似水，颂歌不尽尽诗中。

三

文澜波涌幸随渐，欣品华章龙颔探。

史海沧浪如韫玉，诗丛意趣品澄蓝。

追寻宫学才兴起，揭示国珍初晓谙。
纵是识君时日短，流金炫彩色犹耽。

四

万里征程万里匆，痕留芳信托归鸿。
情融雪域诗千句，爱洒皇根梦几重。
揽景传神堪养目，放歌振玉可开胸。
吟翁七秩擎高纛，岂觅佛陀云外踪。

五

松林鹤舞又金秋，满酌菊醇楼上楼。
桂馥庭前香韵溢，心安尘外妙音求。
置身酒绿难迷眼，回首灯红未浪沤。
目染佳章神倍爽，吟翁而后好风留。

刘　睿（陕西）

步韵郑欣淼先生《七十咏怀》五首

一

人如落叶裹风旋，随化随心是自然。
白鹿原流泾渭水，蓝田玉蕴汉秦烟。
乾坤已历三千亿，彭祖方延八百年。
出入无论优与劣，败成毁誉只随缘。

二

参禅念佛伴金钟，得道何论私与公。

汉武秦皇悉作古，老庄孔孟独争雄。

红尘少有常青树，碧落多生炫目虹。

李杜文章圣贤语，多思多悟习温中。

三

年寿随增岁月渐，知书明理世风探。

天高地厚红阳炽，杏白桃红碧宇蓝。

恻隐心存人不昧，江湖路走味初谙。

林花谢了春零矣，赏菊寻梅时莫耽。

四

无情日子总匆匆，岭表黄莺塞上鸿。

云卷云舒云万朵，浪平浪起浪千重。

为人莫做亏心事，睡觉何愁憋气胸。

苟苟营营都放下，名山不用访仙踪。

五

风行塞下正清秋，坐想黄河鹳雀楼。

金玉满堂非我愿，芝兰盈室是吾求。

诗文旷世真丹药，利禄牵心等泡沤。

检点身前身后事，诗词曲赋笔中留。

刘兆奎（湖北宜昌）

次韵郑欣淼先生《七十咏怀》五首

一

文章万卷国风旋，鲁迅声名自斐然。
昔有故宫辉日月，今将李杜染春烟。
狂声呐喊才八斗，信步彷徨数百年。
一任穿林风雨去，暗随诗圣遂心缘。

二

闲时亦敲宋唐钟，梦里萦思李杜公。
一吐清欢倾浊酒，附庸骚雅骂枭雄。
强愁未觅半斜月，冷雨摧淋炒作虹。
暮鸟争飞终振翅，冰心留得玉壶中。

三

少小离川车马渐，诗书典籍宝珠探。
侯门昔入深如海，天象今看青似蓝。
世事无常难得料，个中三味未曾谙。
晚生父训追文墨，铜板空酬砚上耽。

四

难抹高安滞又匆，盗鸡下腹恨留鸿。
助樵冬备谢何浅，迎岸沮风沐几重。
鸣凤①空临阔阡陌，灵龙②荡碧洗心胸。
晚来青岁总相忆，故土丹霞第二踪。

注：①鸣凤山势峻峭高耸，为道教胜地。②灵龙指灵龙峡，其一碧如洗，秀美斯绝，令人心旷神怡。

五

金黄斑烂乱涂秋，只为落英搭景楼。

野草东篱作邻伴，招摇闹市岂吾求。

傲霜晚节非争艳，赞誉声尘似泡沤。

两地如今等闲事，素心一瓣几人留。

刘南陔（湖北荆门）

步韵郑欣淼先生《七十咏怀》五首

一

仁爱吟怀报凯旋，吾侪贺寿亦陶然。

梦牵畎亩秦川月，神往燕京北海烟。

紫阙从心勤检索，簧门有典可经年。

中华美德承前启，践履平生结善缘。

二

义廉时响自鸣钟，举荐端庄数郑公。

古籍案头勤点注，新闻耳畔辨雌雄。

千夫侧目怒同指，华厦联翩贯彩虹。

共享繁荣小康日，忧忧乐乐毕躬中。

三

礼行天下煦风渐，结义桃园三顾探。

自好洁身羊脂玉，温文尔雅景瓷蓝。

栉风沐雨亲先历，临水登山复后谙。

敬畏之心尚恒有，老牛负轭不言耽。

四

智睿若愚行色匆，灵光顿现隐飞鸿。

故宫珍宝计多少，雪域苍鹰越几重。

长镜相机玩股掌，疏枝秀竹荡心胸。

这般才艺缘何故，慧眼一双留迹踪。

五

信用待人春与秋，修来品格九霄楼。

处身立世寻根本，治国安邦谋至求。

世事精明诚可赖，语言敦厚岂浮沤。

和诗片片飞如雪，道德文章青史留。

刘玉德（新疆巴音郭楞库尔勒）

步韵郑欣淼先生《七十咏怀》五首
给郑欣淼会长祝寿

一

卸甲回京奏凯旋，皇宫作署愈安然。

襟中常带渭川雨，脚下难消陕邑烟。

北海观云已千日，景山步月又多年。
为官自是清如水，更与诗词结夙缘。

二

一代骚人情独钟，文华无愧列三公。
将兵岂借衙门富，挂帅还因器宇雄。
淡雅诗怀尊杜甫，贞闲翰墨贯长虹。
传承鲁迅擎旗日，率众讴歌古韵中。

三

光阴似水日东渐，国粹精微仔细探。
妙笔生花书翰墨，宽胸化海汇朱蓝。
故宫学问分开讲，旧政风华一体谙。
雅韵龙头君执掌，吟哦岁久自深耽。

四

只缘岁月太匆匆，青藏高原摄塞鸿。
村野风霜知几许，皇城气象有千重。
求仁取义书于简，治国安邦记在胸。
履职多年称硕学，诗人百万步君踪。

五

一腔热血写春秋，难得邀朋醉酒楼。
养性修身为本分，兴邦富国是追求。
劲松不怕迎风雪，精品还须去水沤。
诗界多年赢美誉，骄人佳什世间留。

刘春红（湖北沙洋）

步韵郑欣淼先生《七十咏怀》五首

一

古稀虽过笔飞旋，历尽沧桑却泰然。
两袖清风明似镜，一身正气淡如烟。
潜心国粹多佳作，立志文坛少寂年。
学海勤攀书榜样，传薪帮带聚人缘。

二

文人雅客赋千钟，引领潮头有郑公。
每忆艰辛成事业，常怀淡泊助英雄。
雾霾向晚遮明月，风雨初晴现彩虹。
阅尽波涛知浩渺，著书立说乐其中。

三

漫步书山暗自渐，勤耕苦练把珠探。
领军诗苑生华发，倡学故宫青胜蓝。
笔下文章从未断，心中日月已曾谙。
夕阳无限余晖美，挚热情怀意志耽。

四

年华似水总匆匆，梦里依稀归远鸿。
揽胜高原情切切，题诗风景意重重。
河山锦绣开人眼，草木丹青出尔胸。
一路尘烟皆往事，千言万语寄行踪。

五

翰墨生香正值秋，引朋歌赋聚高楼。

身无铜臭人钦敬，腹满经纶自探求。

岁月青葱多静好，风尘白发少虚沤。

夕阳甘洒光和热，一片丹心笔下留。

刘　斌（湖北天门）

步韵郑欣淼会长《七十咏怀》五首

一

红尘滚滚梦飞旋，道德文章出自然。

泼墨贯虹凝紫气，挥戈追日起霞烟。

登山韵赋三千景，击水波翻七十年。

杖国擎旗人不老，神州处处结诗缘。

二

高歌一曲酒千钟，未忘初心秉大公。

韵海弄潮扬国粹，诗坛树帜聚群雄。

挥毫情暖三秋梦，逐日霞飞五彩虹。

华诞古稀人共敬，寿星可醉贺声中？

三

薪火相传一脉渐，摘珠敢把黑龙探。

诗题霜叶红如锦，韵赋千峰绿似蓝。

世事明时花共赏，风骚领处味深谙。

古稀秋好斑斓景，海屋添筹志不耽。

注：霜叶之霜谐"双"，对千峰之"千"。

四

韶光似水去匆匆，跋涉攀登见雪鸿。

春夏秋冬情暖暖，东西南北路重重。

快门定格堪回首，影集翻新更挺胸。

杖国杖朝仁者寿，诗歌吟处有高踪。

五

一揽炎凉七十秋，风光领略上层楼。

清歌好向清天唱，雅趣还从雅苑求。

万丈红尘皆幻境，几多俗念尽浮沤。

扶鸠回首无遗憾，数卷诗书带韵留。

刘志澄（湖北武汉）

步韵郑欣淼先生《七十咏怀》五首

一

破雾穿云得凯旋，经风沐雨幸安然。

偕妻共赏春秋月，聚友同吟杨柳烟。

清茗一壶润心目，诗书千卷伴天年。

人生七十古稀乐，遇事随和处处缘。

二

浩渺苍穹情所钟，投身气象测天公。

伴霜友雪凌云志，驭雨呼风声势雄。

预卜阴晴减灾损，先知旱涝吐霓虹。

归休不忘观寒暑，优乐依然牵挂中。

三

少受熏陶教化渐，老来诗海宝珠探。

春风觅句夸花艳，秋月谋篇赞水蓝。

李杜苏辛心总醉，诗词曲赋味初谙。

银龄求学莫言晚，风顺帆扬意正耽。

四

流年似水太匆匆，候鸟生涯效远鸿。

三亚冬居千浪暖，神农夏隐万山重。

江南烟雨添游兴，塞北风光抒壮胸。

跨越大洋观世界，山川胜地速留踪。

五

如歌岁月唱金秋，桂子飘香月满楼。

五秩功名成过往，七旬利禄已无求。

深恩必报须牢记，旧事尘封付水沤。

最喜而今身尚健，青山不老韵长留。

刘相法（山东济南）

步韵郑欣淼先生《七十咏怀》五首

一

东行歌壮久萦旋，一路青春气奋然。
踏浪看云抱红日，把门戍岛察苍烟。
哨前风色浮仙境，帆外霞光织锦年。
战友如今散何处，涛声月影忆天缘。

二

渔歌清唱戍楼钟，辨雾巡礁亦奉公。
身在瀛洲经浪险，人担职责锻心雄。
一帆碧水春浮梦，三载青山雨出虹。
幸有仙姑常眷顾，银河故事月明中。

三

一别长山时日渐，滨城安驻律穷探。
独来松径吟风绿，相约潮头泛海蓝。
窗月流光案推审，烟尘奔马味知谙。
端身不入当年俗，自有诗心陶性耽。

四

水流云竞太匆匆，不觉春秋数过鸿。
家近市街闻海闹，湖涵山影隐楼重。
坐台看景烟遮日，弃俗从心月在胸。
未许功随留笔力，浅深文字是行踪。

五

流景萦心春与秋，看云不再上营楼。

明湖秀岭能常去，乐事闲身岂易求。

杯酌清茶淡尘世，园逢老友对池沤。

重来边塞望鸿阵，又起豪情笔下留。

刘道恺（湖北潜江）

次韵郑欣淼先生《七十咏怀》五首

一

天地悠悠不舍旋，几人潇洒似君然。

弦歌雅调千秋韵，书剑鸿程七色烟。

慨举吟旌从太白，岂弹丝竹效龟年。

欣逢七秩心犹矩，乐与诗星结夙缘。

二

巍巍尧舜鼓黄钟，天下从兹奉大公。

仗义能争赴汤勇，尽忠犹效出群雄。

风催霹雳生云雨，霭映斜阳织彩虹。

阅遍故宫君有幸，兴亡尽揽壮怀中。

三

圆梦新程号角匆，朝朝喜讯碌飞鸿。

神舟但觉苍穹小，航母何愁碧海重。

已引南泉甜北国，更开丝路敞天胸。
临窗难耐诗情涌，且吼唐音壮圣踪。

四

农家最爱是金秋，硕果归仓笑满楼。
垄亩精耕播来日，鼠标勤点觅新求。
有心舀雨穿金石，无意乘风蹈海沤。
岁月平凡何所寄？唯将故土子孙留。

五

姬水姜涛九域渐，铮铮风骨韵频探。
枕戈无悔征衣素，秉笔多为布领蓝。
万里征程等闲视，千年文脉呕心谙。
江河不朽天难老，秋色春芳一梦耽。

刘伦煜（湖北荆门）

步韵郑欣淼先生《七十咏怀》五首

一

韶华七十似风旋，涵养毫端气炳然。
高陟雄关读秦汉，神游帝阙揽云烟。
才贤骚雅三千韵，笔峻文章二百年。
最是痴情夕阳艳，霞漫山海续诗缘。

二

何须寺里讲时钟，有幸眼青逢两公。
俯首孺牛真赤子，牵情心地颂英雄。
泪沾家国悲欢事，气入词章吞吐虹。
诗圣文豪吟未已，赓歌同唱壮寰中。

三

似海皇都博学渐，千年根脉任君探。
轩辕肃靖心唯赤，岁月峥嵘绿若蓝。
充栋经书谁彻悟，连城骊颔尔深谙。
结缘国粹传薪火，文丈故宫相互耽。

四

酷爱春光行色匆，相机辗转亮飞鸿。
镐京星月收千镜，紫塞烟云摄九重。
登岳高擎横海志，临江清鉴惠人胸。
桑榆未晚豪情在，落日余晖迷影踪。

五

碧水长天共享秋，新歌旧曲醉高楼。
少年有望才人出，耆老慎思真理求。
会友酬朋且行韵，抒怀言志岂漂沤。
欣逢盛世春无限，七彩鸿泥诗永留。

刘喜成（上海）

步韵郑欣淼先生《七十咏怀》

一

一生往事几回旋，九域骚音任自然。

千里清风牵紫气，八方绿色抖苍烟。

爱之故土歌春雨，醉也新潮忘暮年。

最是吟声如浪涌，约星邀月结诗缘。

二

学诗十载独情钟，一网搜寻仰郑公。

紫竹摇风春烂漫，青松挥笔画恢雄。

江南取意涂山绿，塞北存怀醉日红。

沪上明珠辉大地，忽来好句落心中。

三

阅世春秋知岁渐，人生无悔韵勤探。

晓天旭日散红紫，大海游龙觅碧蓝。

风雨经之人历练，山峰跨也路曾谙。

夕阳如火情如醉，点亮红枫景正耽。

四

难忘松原步履匆，常怀篝火忆飞鸿。

百湖一曲传千载，万塔三江爱几重。

图纸犹存风足迹，马灯擦亮雪心胸。

油龙起舞新天地，九域当夸铁旅踪。

五

老铁名言存九秋，初心大爱暖千楼。

百湖应记歌常在，万鸟当啼梦可求。

冷眼挥旗成故事，扬眉逐日动新沤。

辉煌已刻鸿图上，激励来人好韵留。

注：老铁指大庆五面红旗之首铁人王进喜。

刘家斌（河北）

步韵郑欣淼先生《七十咏怀》五首

一

登上云峰七十旋，披霜冒雪亦翩然。

古城仍嵌盛唐韵，新梦犹笼弱柳烟。

栽好梧桐招玉凤，吟成雅集庆丰年。

诗朋满座争相贺，因与风骚久结缘。

二

耳畔时闻警世钟，投枪丢否问诸公。

百年华夏官兵弱，一代文豪盖世雄。

笔对敌人锋似剑，心存正义气如虹。

三余石上磨双刃，试看寒光出鞘中。

三

风雨沧桑岁月渐，余辉犹向静幽探。

倡研神妙故宫学，细品精工景泰蓝。

万里长江欲横渡，五千厚册梦通谙。

桑榆尚有宽天地，为展霞光时莫耽。

四

来也匆匆去也匆，相机留印若飞鸿。

晨昏采得霞千朵，山水踏过关几重。

漫把瞬间搜猎物，裁成隽永贮藏胸。

风光何是迷人处，莫问樵翁可觅踪。

五

气爽天高正值秋，精神抖擞上危楼。

为兴千载风骚盛，催绽百花朝暮求。

吟帜先扬纷起舞，初心不改岂成沤。

谁云老骥难酬志，常发嘶鸣九宇留。

刘洪峰（安徽）

步韵郑欣淼先生《七十咏怀》

一

八百秦川奏凯旋，衙门执掌正悠然。

长空有约生明月，大漠无垠袅紫烟。

域外风光留足迹，京中胜景伴华年。

古稀情结骊珠吐，遥祝遐龄松鹤缘。

二

引领文坛情独钟，弘扬国粹主人公。

高风亮节崇先哲，义胆仁心见俊雄。

誉满三江胸似镜，诗传四海气如虹。

浪花陶尽今非昨，世事如棋谈笑中。

三

自然科学向东渐，瀚海无涯久勇探。

华表千年明史鉴，鲲鹏万里翥天蓝。

皇宫博大凭心造，宝殿恢弘任尔谙。

鸿雁锦笺争诵赏，续貂末学敢稍耽？

四

踏遍高原健步匆，祥云焕彩度征鸿。

雪莲雪映花千朵，青海青摇影万重。

异域风光收眼底，镜中故事慰心胸。

阳关万里驼铃远，回首烟云觅旧踪。

五

金风玉露桂迎秋，塞上江南楼外楼。

明月清风同载誉，故宫绝学独追求。

红梅喜放凌霜雪，紫柳轻飏逐浪沤。

拙笔酬君松鹤寿，百家踊跃贺诗留。

刘文渊（青海西宁）

次韵郑欣淼先生《七十咏怀》五首

一、开天辟地

一从五四瑞云旋，真理神传竟焕然。

担道李陈惊赤县，开天镰斧廓尘烟。

情同北斗荣星汉，志共中山赢岁年。

反帝犹须封建倒，复兴基业启良缘。

二、星火燎原

宁汉逆流鸣警钟，南昌枪响赖周公。

秋收星火工农勇，师会朱毛民族雄。

一拾金瓯兴大业，久攻倭寇贯长虹。

人间正道红旗胜，华夏终归民手中。

注：宁汉逆流，指 1927 年南京的蒋介石和武汉的精卫先后叛变革命。

三、红雨随心

开国远怀成事渐，当家术径自轻探。

援朝行义功勋著，改地换天图纸蓝。

两弹连声魔鬼惧，一星荣耀宇寰谙。

三分世界调风雨，红色神州民乐耽。

注：三分世界，指毛主席 1974 年 2 月提出的关于三个世界划分的理论。中国属于第三世界。

四、东方风来

时光行色总匆匆，拨乱正风新局鸿。

改革激情情万种，拓航碧浪浪千重。

振兴乡土施仁政，开放边城坦赤胸。

港澳回归前后践，中华一统势连踪。

五、时代画卷

红旗百岁写春秋，探月巡天更上楼。

时雨惠风行大道，雄心豪胆铸追求。

权装笼子成机制，虎进班房变泡沤。

特色江山无上景，史诗堪胜古人留。

刘克万（湖北监利）

敬和郑欣淼先生《七十抒怀》原玉

一

人生际遇若轮旋，转眼偶然成必然。

华岳云涛常入梦，渭川秋雨未成烟。

气吞秦岭三千里，血注清宫十二年。

一颗文心不知老，仍邀韵影续新缘。

二

长怀鲁迅语如钟，艺苑诗峰仰杜公！

伐朽诛凶毫锐利，伤民忧国意沉雄。

史勘宗教接薪火，韵塑雪泥飞彩虹。

能与先贤交肺腑，怡然享受一生中。

注：作者著有史论《鲁迅与宗教文化》与诗集《雪泥集》。

三

风雨故宫兴替渐，尤多秘密待君探。

功成修缮今犹古，学导承传青胜蓝。

射斗光华喜重沐，沁心精髓已深谙。

每逢人静夜阑候，回味应教思更耽。

注：学，指作者倡导的故宫学及《故宫学刊》。

四

身健何妨旅色匆，猎奇捕胜赛飞鸿。

北疆冰野宏图壮，南国椰林倩影重。

唐卡锅庄争入镜，紫宫金殿早存胸。

乘风遥取恒河景，笑与同人说佛踪。

注：作者晚年热爱摄影并有影集出版。

五

难忘多事故宫秋，共话辽西花满楼。

为实为虚网间议，不卑不亢直中求。

任凭尘海多风雨，岂许心田泛泡沤。

盛世天伦乐谁比，文章业绩史碑留。

注：共话，我于2012年8月，在辽阳研讨会期间，曾与郑会长幸会谈心。

孙汉清（湖北安陆）

步韵郑欣淼先生《七十咏怀》五首

一

奔波世路久盘旋，笑傲人生乐自然。
李白才高思揽月，秦琼功大上凌烟。
常将闲日作忙日，莫到衰年夸壮年。
老骥常怀千里志，不教社会当边缘。

二

古稀耆宿未龙钟，我辈皆应学郑公。
姜尚耄年方挂帅，黄忠暮岁尚称雄。
风前寒气欺残烛，雨后斜阳见彩虹。
杜鲁何如斯老健，七旬矍铄韵坛中。

三

自信不忧西学渐，炎黄文化细研探。
名师硕彦今传古，乳燕雏鹰青胜蓝。
诗辨三唐情尽习，词追两宋意深谙。
暮年何惧空虚度，觅句寻章心久耽。

四

年华莫叹太匆匆，百岁人生塞上鸿。
北去不忧天地远，南归何惧水山重。
稻粱小利慎开口，冰雪高姿须记胸。
万里征程留爪印，晶莹世界觅行踪。

五

古稀过后不悲秋，尚欲攀登鹳雀楼。

随遇而安无志向，与时俱进有追求。

身心漫比风中烛，事业休为雨里沤。

但使人生少遗憾，早将诗赋世间留。

朱雪华（湖北武汉）

恭步郑欣淼先生《七十咏怀》五首

一

气爽风清雁阵旋，唐松宋柏自悠然。

伴灯夜读偕清月，临牖朝吟诵紫烟。

逸兴飞驰三万里，神思纵贯五千年。

横塘野渡秋寒钓，我与诗词晚结缘。

二

午夜梦回惊晓钟，沉吟曙色向天公。

春花秋月丰姿俏，铁马金戈气势雄。

情伴苏辛游韵海，思随日月贯长虹。

花间曼舞心灵醉，云卷云舒幻化中。

三

寻寻觅觅岁华渐，雪月风花岂细探。

每带深情怜血碧，时看白鸽爱天蓝。

诗词课上沉吟醉，微信群中旖旎谐。

家国风云常入梦，人生忧乐任心耽。

四

转眼雪泥幽梦匆，一腔心事寄飞鸿。

栉风沐雨三千劫，涉水攀山八万重。

李杜苏辛牵日月，梅兰竹菊入心胸。

浅吟低唱多朋辈，唯愿诗坛留影踪。

五

满径琼英正晚秋，金风细雨漫西楼。

清词丽句有心撷，神马浮云无意求。

将相王侯多粪土，功名利禄等浮沤。

萧萧白发丹心在，思逐流霞雅韵留。

朱恩明（湖北荆州）

次韵郑欣淼先生《七十抒怀》

一

曾追鹏鸟九霄旋，历雨经风意泰然。

早播云霞天焕彩，晚腾韵海浪生烟。

凯歌已许酬宏愿，白发无须叹暮年。

明月清辉盈紫阙，诗人好与缔深缘。

二

骚坛廿载振黄钟，也仗天时也仗公。
继宋群莲香烂漫，追唐万马气豪雄。
广开沃土萌新笋，遍出高才吟彩虹。
挺立奔潮谁砥柱，先生长处激流中。

三

高怀未许杂尘渐，颔下骊珠自苦探。
鬓发临秋虽淡白，诗文如海尽深蓝。
万千风雨频经历，七十年华事尽谙。
血荐镐京存壮志，初心不改旧时耽。

四

著书拍照影匆匆，临水登山胜似鸿。
心腹储才超八斗，诗峰耸翠越千重。
纷纭世事难迷眼，磊落情怀永在胸。
七十年间多少事，董狐史笔记行踪。

五

遍山红叶正迎秋，更拥余霞满画楼。
利禄功名非苟取，清词丽句苦搜求。
时催甘雨淋花卉，冷对污泥鼓水沤。
北海如今好光景，几多风月为公留。

向进青（湖北武汉）

步郑欣淼先生《七十咏怀》原韵（五首）

一

一生跋涉任回旋，海角天涯自坦然。

研调三秦星伴月，萦徊两岸玉生烟。

唐蕃故道树高仞，宋韵清风汇盛年。

幸庆古稀情愫在，九州吟友共诗缘。

二

执守虔诚敬警钟，遵章依法素为公。

亲民勤勉丢沉郁，立党忠贞铸峻雄。

雅士凡丁辉彩烛，阳春白雪聚霓虹。

昌时毓秀清幽韵，情寄一轮明月中。

三

涉足文坛岁月渐，酬勤天道几人探。

学研倡导深潜海，俊彦琳琅青出蓝。

天地洪炉熔不歇，人生锻炼味深谙。

梦圆终有开颜日，重任佳时莫枉耽。

注：郑先生曾有诗句："天地洪炉多烈火，人生锻炼当无息"。（《满江红·咏包钢》）

四

时光飞逝去匆匆，奋力耕耘展雪鸿。

西域蜃光浮万种，故宫殿影舞千重。

敞开世界同开眼，气壮山河志壮胸。

民族昌隆留史记，欣为时代谱芳踪。

五

骚坛精撰理春秋，更贵新编靓月楼。

老教复兴同庆慰，诗乡创建共营求。

擎旗不惧经风雨，执事何惭鼓泡沤。

敬尔止行无愧惑，浩然正气伴君留。

向新华（广东深圳）

恭步郑欣淼先生《七十咏怀》五首

一、赞中国空军

银鹰驾雾总盘旋，翼闪寒光亦自然。

赤胆忠心驱鬼怪，钢筋铁骨护炊烟。

蓝天置镜留神韵，云垛呈花慰盛年。

赤县空军皆壮士，已结长空不解缘。

二、赞研制两弹的科学家

京师号令响洪钟，核弹惊天有九公。

叫化犹需打狗棍，穷邦岂少缚蛟雄？

餐风宿露征荒漠，沥血呕心制彩虹。

笑指蘑菇云起处，红旗傲立地球中。

注："九公"指：钱三强、邓稼先、王淦昌、郭永怀、朱光亚、陈能宽、周光召、程开甲、彭桓武。

三、赞中国核潜艇部队

碧水钢舟匿影渐，白鲸红藻任巡探。
明枪暗箭他非弱，骇浪惊涛我最蓝。
异艇千驱核力动，奇谋万变智囊谙。
寒温海底君知否，再筑长城意已耽！

四、赞西部战区戍边部队

精兵猛进意匆匆，愧煞珠峰驾雾鸿。
洞朗狼烟三两处，成都远虑万千重。
猖狂印痞拦修路，汹涌豪情促挺胸。
热血男儿书战史，冰川雪野烙英踪。

五、赞中国航空母舰

瓦良格号几春秋？航母攀登更上楼。
碧浪千重勤检视，白云万里勇追求。
家园壁垒成钢铁，盗匪贪心化泡沤。
不管凶鲨来几队，叫它一个也无留！

迈　五（美国）

恭步郑欣淼先生《七十咏怀》五首

一

见惯风云各斡旋，希夷变故总其然。
皇城内外古今月，泾渭浊清秦汉烟。

滴漏沙前诗百仞，水磨工上匠千年。
春秋七秩文心在，雨数星钉拾作缘。

二

月叩西窗甫听钟，蜡燃馀兴笔催公。
澄泥砚舔心沉郁，玉版笺流跡圣雄。
无用应嗟剩山烛，一朝分断过墙虹。
富春连理沧桑韵，隔梦相看悲喜中。

三

红墙月落岁华渐，十五年来秉烛探。
青史泥牛归入海，故宫春水逐如蓝。
学为舟楫从无歇，读遍天书始得谙。
鳌耄松辕须待日，骊珠把与后来耽。

四

古今晴雨各匆匆，流水浣花飞雁鸿。
匕首投枪千百种，秋风茅屋几回重。
少陵吟豁宋人眼，鲁迅辞醒民国胸。
心路汗青从简记，尽归沧海不留踪。

五

洞庭平水好沽秋，黄叶镀金风满楼。
月照潇湘圆即慰，霜寒客酒醉非求。
梦中归寄敲窗雨，壶底繁星渡海沤。
执著宽严皆有憾，诗瓢放下去无留。

吕小明（安徽）

恭步郑欣淼会长《七十咏怀》五首

一

天资玉树任风旋，后土根深自傲然。
忆少澄城望远月，登高雪岭揽寒烟。
吟诗韵越三千里，探史心驰十万年。
莫道古稀真退隐，期颐还可续文缘。

二

久居西北总情钟，不为升迁但为公。
野陌穿行知苦楚，高山跨越认浑雄。
风前身影如松影，雨后心虹对彩虹。
满腹经纶无不适，喜当大任入京中。

三

七十年华岁月渐，九州文脉用心探。
创新已备渊与博，继往还教青胜蓝。
绝美禁城无可拟，平生心愿欲深谙。
灵犀首创故宫学，引领英才共乐耽。

四

江山万里步匆匆，相机总爱伴征鸿。
青藏风光云朵朵，紫垣气象影重重。
只因一刻凝成梦，竟可终生感动胸。
长许真情存片里，更多故事漫寻踪。

五

莫言状态已逢秋，健体能登百丈楼。

细数勋章终可慰，复翻著作别无求。

一生正气融春色，两袖清风起浪沤。

幸似老聃藏室守，将如子美妙篇留。

后稷草根

步韵郑欣淼先生《七十咏怀》五首

一

最爱冬风六瓣旋，梅花含笑说天然。

关山正秀银蛇舞，晚岁偏炊白屋烟。

更有琴书消雪夜，不凭裘马度霜年。

平生一件贪心事，难舍诗词这份缘。

二

诗心相印便情钟，不为沽名慕郑公。

博导山高宜步韵，长安路远漫争雄。

无端小吏伤谗箭，有幸深秋见彩虹。

已觉梅香飞雪夜，风光自在绮怀中。

三

咏怀步韵势流渐，宝藏凭君细细探。

博士欣然知海淼，故宫快意享天蓝。

蕙风暖作千山绿，功德圆成百世谙。
不再寻诗徒叫苦，如今老郑最宜耽。

四

白驹过隙每匆匆，又见长天走塞鸿。
纵是春离三万里，莫愁雪压一千重。
新梅吐蕊香欺客，小鸭探湖梦绕胸。
恰好相机收玉照，孤山深处隐仙踪。

五

古华夏国正高秋，请上蒲州鹳雀楼。
白日依山情未尽，黄河入海韵堪求。
中流砥柱三门定，曲陌风尘一水沤。
更向尧天看舜日，先生兴许好诗留。

闫云霞（宁夏）

恭步郑欣淼先生《七十咏怀》五首

一

葱茏跃上几多旋，独有斯翁气浩然。
欲赋春江花月夜，还思秦岭翠微烟。
呕心雪域黎民计，沥血故宫修缮年。
愧我才疏时自忖，诗词酷爱幸结缘。

二

剑论传承情最钟，故宫倡学赖欣公。
江间波浪心间梦，塞上风云世上雄。
修缮故宫神自定，弘扬国粹气如虹。
登高呐喊相连贯，一脉文渊后继中。

三

盈耳笙歌逐日渐，忧今抚古任君探。
著书立论心萦紫，保护开发青胜蓝。
文网几番声浩大，华章此刻证深谙。
冲霄之鹤排云上，引领诗坛盛未耽。

四

人生自古叹匆匆，厚土高天掠塞鸿。
心在玉壶君未老，名留金榜梦方重。
千年宫殿情醉眼，万里鲲鹏志纳胸。
最是娑婆紫禁柳，似挥椽笔记行踪。

五

满眼斑斓关塞秋，古城盛会上层楼。
曲中学问研方醉，宫里文章孰可求？
芳草春华空过眼，功名利禄若浮沤。
神州崛起圆一梦，绿水青山万古留。

许祯香（福建福清）

步韵郑欣淼先生《七十咏怀》五首

一

耄耋扶藜若凯旋，青春不再勿潸然。
慵慵碌碌匆匆客，紫紫红红淡淡烟。
半世修持求普德，一程风雨到余年。
桑榆晚景休惆怅，携手吟坛即善缘。

二

悠悠圣殿伴晨钟，研墨挥毫步柳公。
福寿双全称福叟，诗文独秀作诗雄。
放歌雅韵追唐宋，捧卷神橼驾彩虹。
翰海馨香骚客醉，吟坛夕照画图中。

三

诗山漫漫杖藜渐，不减当年乐践探。
前辈多才滋意韵，学生岂敢论青蓝。
铺笺历练书声远，伏砚耕耘典史谙。
佳作方吟人已醉，欣闻妙曲早心耽。

四

时光何故去匆匆，笑看秋凉逐雁鸿。
细品经书三五卷，洞穿世俗百千重。
枯荣应势开心眼，得失模糊论臆胸。
禅尽凡尘参佛座，深山绿野觅仙踪。

五

胸容万物不悲秋，皓月明星衔北楼。

桂影斑斑光下得，梅香淡淡雪中求。

虚心翠竹迎风舞，高洁青莲笑水沤。

漫道鬓霜难改志，诗词上品世间留。

李辉耀（湖北武汉）

"全尾字"步韵郑欣淼会长《七十咏怀》并序

清人吴乔说："和诗之体不一：意如答问而不同韵者，谓之和诗；同其韵而不同其字者，谓之和韵；用其韵而其次第不同者，谓之用韵；依其次第者，谓之步韵。步韵最困人，如相殴而自缚手足也。盖心思为韵所束，于命意布局，最难照顾。"

古往今来，写酬和诗词者甚多，步韵者亦不少。而依原诗词同"全尾字"（律诗同八个尾字，绝句同四个尾字，词同全部尾字），即可不用韵的结尾字"也相同"者则是寥若晨星。我写唱和诗，却往往喜欢步别人诗的全尾字，即"八尾字"或"四尾字"，这样，立意、布局、遣词用字就更加"作茧自缚""自加难度"以致镣铐缠身了。由于才力不济，我的"全尾字"步韵诗往往有些牵强乃至不尽如人意之处。现选步郑欣淼会长《七十咏怀》五首于下，以就教于方家。

一、建军 90 周年朱日和大阅兵走笔

阅兵大漠凯歌旋，上国三军气浩然。

看我雄师揽日月，笑它纸虎起狼烟。

尧山铁壁三千仞，禹水金汤亿万年。

塞上长城固常在，胡儿欲犯永无缘。

二、步韵郑欣淼会长《七十咏怀》有赠

耳畔长鸣警世钟，为民服务学愚公。

心无私贿少烦郁，腹满经纶老更雄。

秋水文章冬夜烛，春风雅颂夏天虹。

《咏怀》写尽人生韵，赢得吟坛唱和中。

三、华夏复兴超美日

一从西学已东渐，中土科工勤究探。

异域高新深似海，炎黄青壮胜于蓝。

巡天导弹无停歇，登月飞船更熟谙。

华夏复兴超美日，岂容豺虎视耽耽。

四、指点江山忆旧踪

回首平生岁月匆，天涯何处觅泥鸿？

红尘劫历三千种，险隘危经几十重。

堪笑憔侥堕钱眼，敢持大笔写心胸。

如烟往事凭谁记，指点江山忆旧踪。

五、有寄郑欣淼会长

笔耕冬夏复春秋，更上休文八咏楼。

诗国擎旗人庆慰，故宫创学自钩求。

羁游宦海迎风雨，淡泊功名笑泡沤。

堪羡平生无愧憾，渭川明月为君留。

注：南朝沈约字休文，始建八咏楼，并写有《八咏诗》。
郑会长的故乡在陕西渭南。

李　坚（广西桂林）

次韵郑欣淼会长《七十咏怀（五首）》

一

跋山涉水一回旋，险阻风光不枉然。

激浪峻崖增胆气，嚣尘长路越云烟。

欣看盛世万千景，庆幸人生七十年。

畅意夕阳研翰墨，名师兰友结情缘。

二

浮生韵律厚情钟，蒙海诗书学奉公。

柳帖读临钦翰墨，离骚诵咏慕贤雄。

拙联欣有存桑梓，金翅恨无飞彩虹。

方砚吟酬同酒醉，春花秋月笑笺中。

三

征程漫漫岁华渐，蜀道登天志敢探。

夸父穷追红日渴，神舟遨览宇空蓝。

长桥越海功堪佩，高路披霞技可谙。

邃密经科临皓首，毕生酬许赤心耽。

四

黄尘漫道旅匆匆，七十霜秋又望鸿。

宏宇赏观云万象，长河漂荡浪千重。

历艰壮气精神胆，食素强身明月胸。

不悔清风盈冷袖，欣留脚印忆行踪。

五

馨风硕果看金秋，桂馥菊黄观蜃楼。

功利云烟皆往逝，雪泥鸿爪不奢求。

阳光清露当欣赏，淫雨俗流休浸沤。

书画管弦明月趣，泉茗拙句友情留。

李传学（湖北仙桃）

步韵郑欣淼先生《七十咏怀（五首）》

一

而立艰危几斡旋，风云荡尽自陶然。

执鞭由为策良骏，负笈焉图沐紫烟。

荆楚江流恒继世，山原人物不穷年。

堪夸少壮思追日，立足杏坛名结缘。

注：笔者为祖父赐名传学，果然毕生教师职业。

二

犹惊不惑课霜钟，子弟堪怜济不公。

半夜鸡鸣孤凳冷，四围蝉噪众心雄。

大愚无患歧迷路，小可有为文吐虹。

休负少年凌绝志，双肩担道日方中。

三

知命融通禅悟渐，披襟举烛寂幽探。

一身许国身当正，万卷医愚卷必谙。

且迈玉阶龙虎步，方临紫阁海天蓝。

华师十载开新圃，我种椒兰兴愈耽。

四

耳顺无须行色匆，深更横枕醒哀鸿。

杜陵沉郁吟三别，苏轼豪雄震九重。

敲玉戛金耽此句，烹茶品茗涤吾胸。

还山殊料藏生气，高古秀瞻羚绝踪。

五

古稀循矩不惊秋，玉笛复闻黄鹤楼。

马郑白关堪景仰，尾头令套亦苛求。

俚吟六调谐含雅，入派三声无泡沤。

南吕黄钟江汉韵，犹敲筇杖且勾留。

注：玉笛：人称周德清《中原音韵》为："玉笛横秋"。

李　健（湖北黄梅）

步韵郑欣淼先生五首

一

欣闻浩淼玉声旋，滚滚诗涛意亦然。

出彩银笺舒画卷，生香翰墨袅云烟。

景山心系万千里，北海情牵七十年。

怀咏古稀人未老，而今再结楚天缘。

二

山川秀地有灵钟，侧耳聆听仰郑公。

梦绕吟坛今胜昔，心怜泰斗老尤雄。

秋光共赏邀明月，律吕回旋贯彩虹。

楚地风骚千古绝，中华韵事笑谈中。

三

雅韵悠悠岁月渐，暮年依旧宝珠探。

弦弹妙曲传天外，笔走青龙出海蓝。

忆昔曾经余可愧，思今往后味宜谙。

欣将郑老为贤榜，唱和吟哦亦正耽。

四

日升月落总匆匆，一碧长空舞雪鸿。

北国风光明万里，南江水韵绿千重。

欣观大美迷双眼，乐唱欢歌喜满胸。

步履艰辛堪记忆，心中定格印行踪。

五

丹枫黄菊染金秋，老少相随上月楼。

举盏同将桑梓赞，箴言共把翰文求。

如歌岁月休停歇，似锦年华少泡沤。

世事红尘须淡看，诗书应与子孙留。

李向前（陕西）

步韵郑欣淼先生《七十咏怀（五首）》

一

皇宫后苑燕飞旋，柳暗花明景自然。

眺望故乡清夜月，遥思渭水柳堤烟。

华山翠岭高千仞，西府青铜铭万年。

秦俑唐陵王气在，青松梅竹结良缘。

二

立如松柏坐如钟，不为私心只为公。

休道林深音静郁，常听困兽吼声雄。

夜来窗外闻风雨，早起山头看彩虹。

寂寞隔墙听古韵，陶然亦在梦魂中。

三

勤记勤学岁月渐，知识贵在苦钻探。

皇宫善本书如海，贤者心胸天样蓝。

吐故纳新从不歇，推平敲仄意尤谐。

秋冬春夏无闲日，雨露风霜从未耽。

四

奔马牦牛踏雪匆，篝火毡篷聚路鸿。

青藏高原情万种，故宫金殿路千重。

中华儿女多奇志，少数民族齐挺胸。

拉萨金佛唐卡在，长空雁阵亦留踪。

五

黄钟大吕塞鸿秋，雪锁征途风满楼。

心血成城甚可慰，文章心语有何求。

白杨细柳迎风雨，香藕青莲笑水沤。

枫叶飘零莫遗憾，韶华易逝有诗留。

李致音（广西）

步韵郑欣淼先生《七十咏怀（五首）》

一

阵阵西风落叶旋，青松劲竹自怡然。

长江泛月波浮玉，远岫依云雾裹烟。

几簇枫霞催健笔，无边雪浪兆丰年。

吟笺叠案囊今岁，喜结骚坛众友缘。

二

何须梦里羡千钟，更未因身叹不公。

赋海氤氲情未老，诗怀素朗胆尤雄。

三秋月影魂牵笔，一枕吟风气化虹。

过眼烟云浑不在，坚贞信念驻心中。

三

秋林烂漫岁寒渐，几点霜痕小试探。

淡荡郊原消姹紫，明清玉宇少澄蓝。

千层岭外云身隐，几处梢头鸟语谙。

屈指今朝年半百，诗情每在笔间耽。

四

春风夏雨两匆匆，坐守寒斋不羡鸿。

拙笔时涂诗百页，豪情每寄意千重。

难凭雁爪留清影，幸爱书香可暖胸。

未数鬓间霜雪缕，云笺一沓记希踪。

五

红黄簇簇映山秋，飒飒金风又满楼。

诗笔生花勤创作，吟笺出彩苦搜求。

推敲不作谄言颂，斟酌当除浮浪沤。

半纪琢磨身渐惫，冰心一点尚存留。

李庭际（福建）

次韵郑欣淼会长《七十咏怀（五首）》

一

华表青云白鹤旋，人逢喜事乐陶然。
欣公才放南山马，淼浪犹添北海烟。
好日子干三大碗，抽时间写五千年。
若非些许相如韵，焉有东坡未了缘。

二

余音袅袅晚来钟，如是苍松仰鲁公。
医者有刀非好汉，人生无笔不英雄。
阿Q传写千秋雨，且介亭飞一道虹。
铁骨惊雷常灌耳，于今收入尔书中。

三

使命非凡思日渐，惟知立学可深探。
故宫离乱三分紫，何日重圆一片蓝。
良玉箴言犹待解，青铜密码未曾谙。
长河漫漫归何几，赤子忡忡能不耽。

四

一日凌寒何太匆，蓝空遥望度征鸿。
浓于少数春三两，拍下多情天九重。
白雪飞花开境界，雄鹰展翅敞心胸。
清纯哈达心头记，风有诗声人有踪。

五

轻吟妙韵古松秋，多少情怀寄鹤楼。

唯有担当诚可贵，不无学问复何求。

惠风解意皆干爽，好雨知时岂泡沤。

纵使庄生犹有梦，千樽尽饮莫停留。

李现考

恭和郑欣淼先生《七十咏怀（五首）》

一

星自推移斗自旋，萧疏鬓发任皤然。

青春负笈西安月，晚岁敲诗北海烟。

味品三千曾阅世，学开十五已经年。

故宫信有无穷识，亦合酬君慧眼缘。

二

无心二十四声钟，夙夜春秋总在公。

教化新民肠暖热，倡研故阙气沉雄。

弘文往昔曾传火，妙笔于今惯吐虹。

杜子情怀树人格，已然深切入诗中。

三

鹤骨深蒙道义渐，文渊学薮必穷探。

但期雏凤清于老，何惧葱青胜过蓝。

日下风情皆目寓，关中岁月已心谙。
万家忧乐存诗里，不独烟霞是所耽。

四

不怨几番行色匆，因曾拍照印泥鸿。
闲看帝阙云留影，细数恒河浪卷重。
万里风烟开在目，千年历史荡于胸。
兴亡莫道无寻处，镜聚长焦觅旧踪。

五

萸囊菊盏可人秋，诞日弦歌绕凤楼。
发轫故宫新学拓，悬车琳馆雅章求。
明珠得自探骊颔，彻悟缘于破海沤。
莫道雪鸿消指爪，分明清唳简中留。

李雪莹（黑龙江）

步韵郑欣淼先生《七十咏怀（五首）》

一

滚滚红尘数凯旋，由衷事业自怡然。
青春倾注皇城月，朝暮销凝渭水烟。
刚阅仁山排万仞，又聆紫阙接千年。
羡君独有如椽笔，总与京华幸结缘。

二

千门万类汉文钟，社稷攸关付与公。
求索深思成著作，专研比较胜豪雄。
潜心可达前贤意，熟虑徒升伏雨虹。
异代清声尚回响，知音迤逦浩茫中。

三

执着宛如松柏渐，书山学海敢深探。
勤攻苦索今超古，厚积深研青胜蓝。
十五韶光君未歇，千秋国粹众欣谙。
一生事业等身著，大作辉煌史可耽。

四

何嗟岁月太匆匆，幸遇良时逐雪鸿。
足印高原一生愿，影留胜迹万千重。
无关凡俗频遮眼，唯有清风久驻胸。
德艺双馨世间几？文山词海觅仙踪。

五

华诞清时正值秋，诗坛贺寿越高楼。
嘤鸣韵律金难换，愉悦轻音众所求。
琼朵飘摇应淡定，红尘浮躁莫临沤。
人生得意多文友，佳句倾情万古留。

李　库（黑龙江）

恭和郑欣淼先生《七十咏怀（五首）》

一

一生妙意任飞旋，揽胜怡神自泰然。
七十英华耕晓月，八分浩气荡浮烟。
志冲星日三千仞，情寄江河九万年。
笔走龙蛇翻手起，红尘化外尽随缘。

二

晨迎晓日暮鸣钟，只为一心天下公。
斩浪飞舟舒浩气，穿云搏雨逞豪雄。
情燃烈电开迷雾，掌起风雷卷白虹。
索性红尘寻觅觅。著书立说笔囊中。

三

不尽江河流水渐，劈波畅海放舟探。
凝眸寄志青红白，展卷挥毫紫绿蓝。
博览群书三界考，弘扬精粹四时谙。
行吟逐梦情高远，未忘初心一世耽。

四

笔畅人生脚步匆，穹天纵逸起征鸿。
凌霄破壁三千丈，展翅穿云九万重。
肚里撑船驰远志，额头跑马敞蟠胸。
巡行一路风情雅，今古遨游赞侠踪。

五

百载红尘春复秋，诗香天下醉高楼。

云山漫步随风起，江海扬帆信笔求。

岁月迷离应淡定，人生磊落莫浮沤。

古稀华诞心难老，一世豪情青史留。

李国铨（四川）

恭和郑欣淼会长《七十咏怀（五首）》

一

西部曾经数往旋，夙兴夜寐自陶然。

公心托起长安月，正气扶平青海烟。

八百秦川凝道力，五千雪岭驻华年。

景山略看群宫色，有幸今生总结缘。

二

吟歌自若响黄钟，旰食宵衣尽为公。

文尚树人情激切，诗推子美意沉雄。

谋篇可望寒通月，喜国能销雨霁虹。

回首俊贤多叹惋，不单山色有无中。

注：寒通月，语出杜甫《古柏行》"云来气接巫峡长，月出寒通雪山白"。

三

江河昼夜水东渐，学似真珠大海探。

路险凭心称远近，色纯任众道青蓝。

韶光把握奇勋著，国粹钻研神韵谙。

年遇古稀犹不歇，浩繁卷帙正沉耽。

四

跋山涉水兴匆匆，拍照捎人当雁鸿。

源溯三江光灿灿，川流八百影重重。

故都定格依稀景，祖国铭心坦荡胸。

相册翻开新岁月，神州处处有芳踪。

五

人逢喜事正金秋，亮节何须望月楼。

彭祖美羹儿辈献，大椿芳味自身求。

已挥巨笔书洪雅，犹把狂澜化小沤。

莫道回眸佳韵少，先生述作国风留。

李大江（河北）

恭和郑欣淼会长《七十咏怀（五首）》

一

往还陕北忆周旋，造福西安去必然。

血脉相传知日月，心怀志向笑云烟。

雪飘青海寒冰仞，紫梦京都御史年。

盛世春秋情犹在，衙门府内记因缘。

二

心怀往事慕晨钟，相遇才人谢奉公。

春咏霞云去烦郁，鹰追凤鸟思枭雄。

热茶伴影微光烛，直墨铺宣劲彩虹。

鲁迅文如流水韵，殷盈瑰宝腹藏中。

三

一夜霜沉银鬓渐，天河移转外星探。

故人翰墨文如海，才子诗文青胜蓝。

十载观书总难歇，三更梦影怎能谙。

衰声叹雾遮光日，秋咏古稀时不耽。

四

屐声阵阵步匆匆，我慕长空飞别鸿。

青海高原花万种，紫金宫殿曲千重。

刹竿威猛惊尘眼，经语低沉洗俗胸。

历史银河书笔记，恒风无阻去无踪。

五

黄金稻谷颂丰秋，欢舞笙箫醉酒楼。

儿女雄心欣抚慰，老翁浩气志追求。

人行苦海经风雨，世赞荷莲出水沤。

回笔古稀何有憾，至尊墨宝为君留。

李绍萍（广西南宁）

步韵郑欣淼先生《七十咏怀（五首）》

一、初识郑欣淼会长

何惧书山险路旋，始从万卷识超然。

磨光京月披银氅，望断香山袅赤烟。

吐哺含英亲授课，传薪育教入稀年。

兰亭流韵心魂梦，黄绢妙辞云水缘。

二、授课印象

修身独立自鸣钟，心底无私亦大公。

七彩风云流岁月，一生志趣逐豪雄。

小园细品茗珍味，大海宏观浪底虹。

满腹书香熏两袖，灵犀点点在胸中。

三、重振诗坛

国粹传承教化渐，风云际会鼎峰探。

两三星火燎天赤，百万雄兵战海蓝。

随月放歌人不老，迎风起舞燕声谙。

霜欺两鬓君何叹，书债诗情莫久耽。

四、人生苦旅

人生羁旅太匆匆，遥望长天怜断鸿。

弯月留情湿双眼，浮云积雨叠千重。

琴心剑胆凭思影，热浪轻波常叩胸。

收获秋光留住梦，磨残铁砚觅诗踪。

五、金秋

河清海晏好金秋，同上京华十九楼。

时代强音圆国梦，全民致富硬要求。

千年丝路飞花雨，大浪淘沙卷泡沤。

舍我其谁担重任，关山踏破不停留。

李能狠（陕西榆林）

步韵郑欣淼先生《七十咏怀（五首）》

一

几度尘飞又浪旋，衙门渭水两怡然。

韶华光共镐京月，秋籁声回山海烟。

百岁好观千丈雪，前程丰待两岐年。

骚坛啸聚我何幸，也与先生结咏缘。

二

杜甫笙箫鲁迅钟，文星斯世看欣公。

锋芒曾对千夫指，风骨能成百代雄。

雾暗山河赖烛火，时清事业望长虹。

古今肝胆两相若，且寄情怀浩唱中。

三

故宫倡学水渐渐，为有潭龙颔可探。

潜底早知光煜煜，跃波更看玉蓝蓝。

十年甘苦谁猜解？毕世心情自晓谙。
囊尽三千界中味，隋珠和璧不私耽。

四

惜岁方知日月匆，忙中功业托霄鸿。
文坛树蕙荣千畹，诗苑传香到九重。
端许相机留屐印，难能画卷蕴襟胸。
欲追卓荦先生意，细览华章认影踪。

五

硕果丰盈好个秋，欢欣能不上层楼？
青春华锦无遗憾，白首辉煌仗索求。
遍阅沧桑歌劲柏，每迎风雨笑浮沤。
巴吟谨祝期颐寿，坛坫还多好句留。

李旦初（湖南）

步韵郑欣淼会长《七十咏怀》（五首）

一

往事如歌奏凯旋，古稀回首亦欣然。
长安古道经风雨，青藏高原宿野烟。
赋得甘棠思壮岁，吟怀翠柏忆华年。
平生击水三千里，南北东西结善缘。

二

古哲今贤铸警钟，移山远志效愚公。

诗宗诗圣心犹壮，文祖文豪气自雄。

呐喊声声催战鼓，行吟处处望霓虹。

苍茫大地新时代，万象森罗美梦中。

注："民望之，若大旱之望云霓也。"（《孟子》）

三

清流一派水渐渐，壁画依稀仔细探。

古殿神奇深似海，夜空寥廓碧如蓝。

满宫紫气千年盛，一面红旗万国谙。

国学顿开新境界，欣然命笔更深耽。

四

万里山河行色匆，天光云影送飞鸿。

烟霞烂熳连三极，殿宇嵯峨接九重。

青海长云留气魄，紫微古物豁心胸。

铁鞋踏破寻幽处，曲径人踪杂虎踪。

五

寿客经霜又一秋，重阳觅句聚新楼。

情从百姓心中出，韵向千家骨里求。

壮丽华章如美酒，晶莹妙句似圆沤。

怡情且喜增年岁，美意天时共久留。

陈闻儒（湖北武汉）

次韵郑欣淼先生《七十咏怀（五首）》

一

小试吴钩四百旋，以身许国也欣然。
攻书治学通文理，落纸挥毫似雨烟。
虽是纵横千里目，哪堪抛置十来年。
烛燃师旷心犹在，老矣诗词再续缘。

二

欣逢盛代唱黄钟，忧乐江湖仰范公。
向晚斜晖犹炫彩，识途老马亦豪雄。
何愁腐鼠蛇吞象，却看神州气贯虹。
莫讶沈腰今已瘦，旌旗猎猎在心中。

三

莫道秋冬岁月渐，骊珠犹得海中探。
才情西苑豪兼婉，春水东湖绿似蓝。
长恨平生无小顺，只因人事未多谙。
至今已了红尘愿，一片诗心借酒耽。

四

秋月春花也太匆，长天又见北来鸿。
雄风浩浩十九大，遐思翩翩千万重。
家国腾飞圆绮梦，风云激越荡怀胸。
百年大庆中华日，美帝何方觅我踪。

五

降霜天色晚来秋，重九登高黄鹤楼。

流水无情犹可渡，人生有命不须求。

佛禅渺渺三花顶，沧海茫茫一浪沤。

自古诗仙皆醉酒，青莲千古大名留。

陈佐松（湖北武汉）

步郑欣淼先生《七十咏怀》内退感怀

一

时光荏苒作飞旋，难得身心尚泰然。

梦里已无名与利，手中常有酒和烟。

不知老朽临花甲，偶发痴狂近少年。

自晓人生如戏耳，穷通得失但随缘。

二

虽呈老态未龙钟，寄意林泉效寓公。

平仄推敲聊解闷，沉浮忽略懒争雄。

春秋惯历存馨梦，风雨曾经见彩虹。

看水看山皆本色，行藏更在自然中。

三

马齿空随岁月渐，人情世故少深探。

交游只认真和假，知己无分青或蓝。

举止言行由性定，吃亏讨好自心谙。
江湖市井蒙茫过，童趣所欣仍未耽。

四

大江东去势匆匆，独立楼头悲远鸿。
客寓他乡三十载，魂萦故里百千重。
怕因俗虑遮昏眼，且借云山豁闷胸。
酒醒悠然饮茶去，园林深处访仙踪。

五

韶华暗自近中秋，桂子花开香满楼。
茶酒其间闲寄趣，诗书以外更无求。
不期刍狗为神马，惯看浮云等幻沤。
好梦天天时易过，梅花再约作淹留。

陈干桥（湖北黄梅）

全尾字步韵郑欣淼先生《七十咏怀（五首）》

一

漫卷行囊唱凯旋，清盘往事亦欣然。
鬓霜笑赏窗前月，笔秃甘燃烽下烟。
虽上书山千万仞，难爬线格数旬年。
集成文影帧帧在，不慕风光只惜缘。

二

生崇杜鲁独情钟，许国忧民总为公。
几卷书成难抑郁，一身力尽未称雄。
幸存风骨秉金烛，更见精神焕彩虹。
时借斜阳留影韵，醉忘丘壑处山中。

注：杜鲁指先生原作中的杜甫、鲁迅先生。

三

振臂鼓呼声力渐，余年再把玉珠探。
宫藏广博浩如海，国学精深蔚若蓝。
纵放千军无息歇，难收一马识途谙。
古稀漫道思来日，满眼明霞情未耽。

四

捧诗步韵赋匆匆，思慕郑公飞远鸿。
血荐韶华情万种，心萦畎亩意千重。
青山留影舒眉眼，紫苑为文坦腹胸。
七十征程三集记，政坛虽隐有芳踪。

注：三集指先生的诗集，文集，影集。

五

古稀好景正三秋，菊馥枫红泛鹤楼。
醉览功名无可慰，醒看词赋自堪求。
健身摄影迎风雨，忍性怡情不泡沤。
百岁当追宜少憾，精神且与子孙留。

陈裕华（湖北潜江）

步韵郑欣淼先生《七十咏怀（五首）》

一

岁月如轮速转旋，世皆嗟叹或为然。

堪钦渭水滋才子，何幻终南萦紫烟。

步健征途频夺锦，志高艺苑已忘年。

诗坛树帜豪吟斐，捧读新风幸结缘。

注：易行主编的《古韵新风》中有先生诗词一辑。

二

陟高豪壮赛洪钟，研读雪泥犹佩公。

底蕴深丰辞富丽，文思璀璨气尤雄。

铿锵时代争呈彩，坦荡胸襟可跨虹。

大任赋肩薄冰履，峰岚再上盼期中。

注：郑先生有诗集《陟高集》《雪泥集》出版。

三

功莫大焉华发渐，中华文化又新探。

故宫璀璨惊寰宇，国学渊深诧眼蓝。

无竭彰扬功绩著，倾情精究奥堂谙。

晚霞光灿催驰骋，学海寻瑰意正耽。

四

身肩重任步尤匆，急赴新途追劲鸿。

鼎举危艰时紧迫，旗擎吟苑责兼重。

东风已暖芳诸蕾，禹甸诗荣慰赤胸。
拜读缤纷雪泥集，华章细味可明踪。

五

倏忽三星已届秋，元龙百尺卧高楼。
故宫圭璧堪精探，文苑斑斓赖细求。
砥砺尘蒙扬国粹，钩沉史笈去浮沤。
倾将余热新途付，一颗丹心青史留。

陈以鉴（江苏盐城）

恭和郑欣淼会长《七十咏怀（五首）》

一

为学为官任转旋，韶光奉献自欣然。
心牵典册三秋树，胸有齐州九点烟。
进退何妨夸业绩，去留无意颂华年。
稀龄依旧豪情逸，后学提携再结缘。

二

辞赋连篇响晚钟，平生戮力只为公。
故宫学术赖君健，诗苑文华乘势雄。
不坠青云多惠泽，宁知白首架长虹。
等身著作传薪火，美誉如潮遍域中。

三

名就功成岁月渐，书山无路毕生探。
求知公认精还博，授业心期青出蓝。
见识过人堪敬羡，才华出众几曾谙。
建言创立故宫学，皓首勤耕乐且耽。

四

忙碌平生虽急匆，通儒硕辅并称鸿。
建言献策心忧学，作赋传经志在胸。
岁月含情情万斛，世间有景景千重。
从容面对留芳韵，七十抒怀觅旧踪。

五

飞转年轮七十秋，桑榆非晚复登楼。
壮怀激宕知行健，骋目殷勤学问求。
道德文章诚顶礼，功名利禄等浮沤。
见贤皆欲思齐奋，颜汗吾诗纸上留！

陈朝晖（湖北大冶）

次韵中华诗词学会郑欣淼会长《七十咏怀》

一

春去秋来复又旋，先生笑对亦安然。
扬名从政浓添彩，过眼于云淡若烟。

旧雨新知怀曩日，锦词丽句庆稀年。
诗林谁不期盟主，寿越南山百岁缘。

二

孜孜不倦浑如钟，勤政为民天下公。
研史传经求善美，为官报国辩奸雄。
故宫学说衍新系，文化传承见晚虹。
剪梦淘沙添雅韵，诗林绮丽乐其中。

三

远眺千山曙色渐，诗林漫染又深探。
青衿许国未逾志，皓首穷经更出蓝。
七十人生无后悔，三千弟子应能谙。
唯将一寸丹心寄，好趁金秋思正酣。

四

人生岁月太匆匆，灿若流星艳若鸿。
虽说韶光无复再，甚欣硕德可双重。
皇宫御苑曾为主，墨草诗花早纳胸。
引领群贤齐奋进，高标在望指航踪。

五

读翁寿律若观秋，后学才疏仰止楼。
欲把诗砖阶下砌，难登玉阙画中求。
书山莽莽林如海，我腹空空梦作沤。
借得金声聆耳训，惟期过隙滞驹留。

张少林（湖北武汉）

次韵郑欣淼会长《七十咏怀（五首）》

一

人间万象一球旋，已固初心处泰然。
履及丛生山外月，眉开翠涌水中烟。
纤尘每动移时势，圭璧如常到百年。
魏阙当存高远意，唐风宋韵写情缘。

二

七旬年盛岂龙钟，检点平生仆在公。
士者投身当报国，儒为翘楚亦称雄。
凝神聚力途非坦，滴露成章气若虹。
演绎文坛今古事，默雷终出大渊中。

三

举鼎危艰石出渐，深宫琢玉久研探。
轩窗日照丹心赤，格扇风掀短褐蓝。
舟楫潮头航未竟，幡麾鳞迹景曾谙。
先鞭伏枥拳拳志，十五弦音众目耽。

四

如梭岁月履痕匆，影像辉生国运鸿。
北极冰寒千岛链，南窗毓秀万山重。
快门弹指图存库，远景凝眸竹在胸。
一览峰岚青眼待，天颜不负谪仙踪。

五

金声玉振楚清秋，海峡云舒黄鹤楼。

俊彦台前多探索，同侪笔下妙搜求。

溶交月色诗情漫，巧借星光警句沤。

汉上行吟江浪阔，风骚一脉砚端留。

张启侠（湖北武汉）

恭和郑欣淼会长《七十咏怀（五首）》

一

西征北战恰如旋，事业有成非偶然。

少小镐京抒壮志，华龄渭水逐邪烟。

曾观青海无边漠，再伴皇城几十年。

岁至古稀情未老，黄昏时节结诗缘。

二

耳畔常鸣警世钟，洁身自好总惟公。

从严律己行为正，谨慎用权心态雄。

忧乐情怀赢盛赞，勤廉品格贯长虹。

畅游宦海由来洁，岁岁安于愉悦中。

三

斗转星移岁月渐，求知道上用心探。

红尘人事真驱假，俊彦才能青出蓝。

逆水行舟常奋进，书笺纵笔总能谐。
贤时虽到古稀际，始信骚坛仍可耽。

四

观光览胜步匆匆，青藏高原见雪鸿。
西域风情舒两眼，险峰倩影叠多重。
相机常摄神奇景，照片频宽快乐胸。
一路风光撩客赏，佛乡乐土布行踪。

五

桂花绽放正金秋，置盏推杯松鹤楼。
后辈自强诚可喜，耋翁体健复何求？
酬民有志甘当仆，报国无私不做沤。
回首一生无大憾，最欣群众好评留。

张仁俊（湖北麻城）

恭步郑欣淼先生《七十咏怀（五首）》

一、逸居篇

雄鹰来去复盘旋，伫立高崖亦自然。
笔下景山泉映月，画中北海柳生烟。
书成已越三千仞，品就犹存五百年。
未老宝刀仍旧在，龙门砥砺了心缘。

二、鲁迅篇

一腔正气稳如钟，两部经纶慰逸公。
笔下兴亡消众郁，行间道理振群雄。
浮生危若风前烛，破月重温霁后虹。
绝代文豪怀古韵，催枯拉朽快言中。

三、故宫篇

心结诗魔随意渐，圈篱漱石苦研探。
宫前蕴秀书成海，腕底生香墨漾蓝。
满纸流年题素歆，孤言中外隐深谙。
郑翁酌物平章日，正值清风可落耽。

四、影集篇

山峦错落复来匆，携镜轻移戏雪鸿。
阡陌纵横姿一种，金鸾过隙影双重。
寒容留迹魂撩眼，爪印传神刃透胸。
珍爱此行休碎记，莫言沉醉误仙踪。

五、处世篇

时晴叶落一江秋，举酒欢娱鹳雀楼。
晚辈图强犹可慰，儒家有健又何求。
吟诗不尽播春雨，迈步方行破水沤。
若解黄花十岁憾，今朝莫负雁声留。

张晏学（湖北武汉）

次韵郑欣淼会长《七十咏怀（五首）》

一

金戈铁马剑风旋，血铸长城意决然。

遥望南天春夜月，近忧北国雪河烟。

旌旗猎猎雄千里，峰岭巍巍屹万年。

无悔青春淹草绿，弟兄常忆柳营缘。

二

阵方队直号为钟，报国精忠仰岳公。

冷月寒星遥作伴，冰衣雪帽自当雄。

不疑黑水连云梦，爱听飞鸿咏彩虹。

铁打营盘心铸就，情思尽在警眸中。

三

解甲归田白发渐，新奇农术用心探。

黉堂捉笔重圆梦，科苑描青更胜蓝。

笑听鹧鸪歌不住，初闻稻菽韵难谙。

唯欣布履量荆楚，为扮田园半世眈。

四

光阴难挽迅匆匆，秋去春回一字鸿。

世里炎凉情百态，眸中山水爱千重。

乘风除恶心凝剑，对日吟诗韵酿胸。

瑶苑音容偕胜景，爱询小草探时踪。

五

桂香菊艳正吟秋，雅韵悠悠进阁楼。

落叶寻根情可叹，幽泉听曲意无求。

红尘翻卷生豪杰，沃野荣枯问汉沤。

莫道蹉跎赊岁月，欣聆南去雁声留。

张庭辉（湖北安陆）

步韵郑欣淼会长《七十咏怀（五首）》

一

凡俗人生难倒旋，面临七秩自怡然。

三番未挫半帘梦，两地无为一溜烟。

求索风姿经过往，研词莲态度余年。

初心不忘正能量，所幸退休诗结缘。

二

举手誓词当警钟，平庸碌碌只唯公。

勤勤有迹他收益，默默无闻自抖雄。

青壮朝晖儒若雅，桑榆暮景彩如虹。

从容直面此生乐，大度于人互惠中。

三

悠悠夕照日西渐，学识养心非枉探。

歌咏民风信天吼，诗吟曲赋赞精蓝。

春秋镂玉格终晓，早晚雕冰律始谙。

矢志不渝游韵海，赏心悦目享深耽。

四

人生之旅本匆匆，莫学孤行迷路鸿。

危坐何妨情切切，正襟哪怕雾重重。

殷殷赤胆该明志，耿耿忠心当坦胸。

认认真真行正道，明明白白辨前踪。

五

美好人生重晚秋，文明携上一层楼。

承唐继宋齐努力，尽墨颓毫同索求。

对酒当歌诗里醉，流觞应赋雨中沤。

疾书盛世新时代，莫让吟坛空叹留。

张霞英（湖北武汉）

诗心情结步韵郑欣淼先生《七十咏怀》五首

一

半生荣辱几回旋，历尽沧桑更坦然。

八岁恩师韵文授，次年弃我化飞烟。

以诚创业获成就，凭艺济人忘节年。

绝症离家逢隐士，重生天意续诗缘。

二

豆蔻华年弄表钟，旁观得技谢天公。
凭修家电驻城市，日挣千元行业雄。
路过黉门神顿注，偷听文学意丹虹。
常将日记当诗练，百味人生入韵中。

三

邂逅恩师识韵渐，苦心教我把诗探。
牧牛方懂牛茹苦，织布常将布染蓝。
尽孝卅年传统守，愚忠半世暖凉谙。
今无赡养初心动，重返校园诗正耽。

四

壮年深造急匆匆，小鸟归林慕雁鸿。
奋发耕耘心朗朗，千磨百炼路重重。
入行进社循规则，言志抒情出自胸。
求学坚信多坎坷，创新存古继唐踪。

五

弘扬国粹卅春秋，荆楚吟坛上鹤楼。
落笔成章经苦练，文光射斗是追求。
应酬唱和多门类，去浊扬清避泡沤。
我梦随潮济沧海，诗连地气韵长留。

张应志（吉林）

步韵郑欣淼会长《七十咏怀（五首）》

一

陟高云谷费盘旋，驰骋情怀自坦然。
回首雪泥留善迹，开襟风雅醉茶烟。
宏文载道堪论价，紫阙逢君必有年。
鹤骨松姿人未老，再寻幽径一攀缘。

注：陟高、雪泥，为郑欣淼先生两部诗集名。

二

诗文震铄胜黄钟，所幸吟坛有郑公。
不止险峰曾独步，若论大雅亦英雄。
深研两学精微处，遍摄一宫奇势虹。
但得夕阳无限好，高情尽在寿杯中。

注：两学，即"故宫学"和"鲁迅学"。

三

橘绿枫红色愈渐，功夫不负哲贤探。
甘为孺子情如许，能忆渭川天更蓝。
青藏烟霞兹未已，紫垣气象旧曾谙。
古稀犹有从容态，观海听涛性所耽。

四

人生莫道苦匆匆，通达愿为天外鸿。
振翮长空曾矫矫，寄情厚土自重重。

旧游极目山增色，古意盈怀云荡胸。
回首向来风雨处，从容检点故时踪。

五

新春未必胜金秋，好趁重阳上酒楼。
著述等身非易得，知音两字正堪求。
韶华烂漫飞双翼，世事沧桑岂一沤。
为有豪情须畅咏，人生处处把诗留。

张世才（湖北武汉）

步韵郑欣淼会长《七十咏怀》（五首）

一

平淡人生待凯旋，诗歌创作最酣然。
虽无车马随秋影，但有芝兰伴暮烟。
雅兴来哉歌往事，青春去也颂流年。
烹文煮字深更里，音律相随是夙缘。

二

将临七秩未龙钟，余热犹温再奉公。
奋笔憨牛胸旷达，壮怀老骥韵豪雄。
敲盘作嫁屏前烛，审稿编刊雨后虹。
诗友三千常顾盼，我穿白褂扮郎中。

三

不管容衰白发渐，依然两宋汉唐探。

吟诗枕上冬连夏，步韵朋间青胜蓝。

远简传情无胆试，颓毫补拙细心谙。

思臻妙境期来日，生莫虚过老正耽。

四

莫嗟人世已匆匆，喜看秋空列阵鸿。

奔放襟怀情灼灼，昂扬信念路重重。

风吹韵浪常萦耳，月涌诗波应坦胸。

广聚吟朋鸣翠柳，文联艺苑共行踪。

五

诗为国粹耀千秋，今日相酬黄鹤楼。

兴合五章经苦索，神交万里共追求。

青莲搁笔传佳话，荆楚齐声惊浪沤。

千古兰亭今再现，觞飞网际韵长留。

宋治雨（湖北阳新）

次韵郑欣淼先生《七十咏怀（五首）》

一

律风韵雨漫飞旋，润物神州正蔚然。

老树抽新妆碧绿，雏鹰振翮逐云烟。

欣逢文脉振兴日，恰是愚蒙发奋年。

拜读华章开眼界，从师负笈结吟缘。

二

弘扬国学振鸿钟，高举吟旌历四公。

古韵传承无俗句，新声创作有词雄。

一支骚笔惊风雨，三万诗豪绘彩虹。

民族复兴担大任，繁荣文化日方中。

注：中华诗词学会1987年成立以来，历经钱昌照、周谷城、孙轶青和郑欣淼四任会长，现有会员三万余人。

三

博学多才赖积渐，骊珠只为险中探。

律从旧韵镕新韵，青出深蓝胜浅蓝。

儒雅无缘曾未识，华章有幸已详谙。

埋头从此敲平仄，执着沉迷恋酷耽。

四

过隙光阴岁月匆，岂将遗憾赋秋鸿？

歌吟胜迹三千景，韵播名山几万重。

塞北江南娱雅兴，高天厚土阔心胸。

赏奇醉美奚囊饱，集影流光忆旧踪。

注：原诗作者有《高天厚土青藏高原印象》和《紫禁气象郑欣淼故宫摄影集》两本影集出版。

五

七十行吟碧树秋，锲而不舍上层楼。

轩窗志趣频追梦，家国情怀更索求。

宦海沉浮光掠影，功名得失水漂沤。

漫言回首些遗憾，德载华篇好句留。

杨卓仁（湖南常德）

步韵郑欣淼先生《七十咏怀（五首）》

一

盛世繁华奏凯旋，诗人四季兴悠然。

景山冬赏梅花雪，西海春吟杨柳烟。

健体镜中无老态，稀龄意下尚青年。

弘扬风雅吾侪责，旧雨新知广结缘。

二

耳畔时时鸣警钟，当年服务满心公。

事逢艰困多人助，业建功勋不自雄。

一介书生鹏比志，三围柏树气如虹。

量材玉尺关西选，擢调京华意料中。

三

风骚传统复兴渐，屈子有知亦求探。

大慰三唐连李杜，堪欣两宋出青蓝。

仄平自古几人会，韵律而今万姓谙。

八进诗潮华夏起，推波助浪力心耽。

四

北往南来行色匆，高吟雅颂望征鸿。
历经百族风情异，跋涉九州山水重。
诗画旅途宽眼界，文章事业壮心胸。
众多走马观花处，赖有相机留影踪。

五

云淡天高好个秋，临风把盏一登楼。
眼前壮景还须赏，身外虚名不必求。
快乐健康为至要，荣华富贵乃浮沤。
愧无财产儿孙继，幸有精神诗赋留。

杨秀兰（浙江）

次韵郑欣淼先生《七十咏怀》

一

借得天池羽翼旋，韶光昨日记当然。
身从朗朗京华月，心系依依故里烟。
雪满险峰高万仞，松栖仙鹤寿千年。
古稀犹作从容步，百尺竿头更结缘。

二

紫禁宫城长乐钟，每于灯下读诸公。
秦唐汉史春秋郁，文物典章家业雄。

踱步闲推窗与月，平生博览雨兼虹。
无言桃李有蹊路，自在芬芳名册中。

三

历尽沧桑岁月渐，自将笔墨每时探。
心从学说故宫热，书是灵魂梦里蓝。
国士高风犹未改，人情世故且深谙。
闲来垂钓江湖上，又把诗词仔细耽。

四

走南闯北履痕匆，手握相机追远鸿。
碧落游心三万里，故宫留影一千重。
因登绝顶开新眼，遥望层云荡客胸。
为得人间景色美，不辞辛苦踏云踪。

五

霜叶红时北海秋，风轻云淡正凭楼。
盈虚得失须勘破，体健身安可索求。
开过春花当季节，应知世事总浮沤。
吟坛况是领军者，但与诗名万古留。

杨桂芳（湖南）

恭和郑欣淼会长《七十咏怀》（五首）

一

尘海茫茫去又旋，云舒云卷自悠然。
临窗每忆长安月，拍照曾浮远塞烟。

走马飞车稍遣兴，挥毫泼墨顿忘年。

一方廉石随身友，伴水依山结寿缘。

二

呐喊无殊警世钟，时萦耳畔仰周公。

横眉似戟穿心冷，俯首为牛吐气雄。

不是真情弥大爱，哪能大著架长虹。

更将诗圣铿锵韵，融入征途圆梦中。

三

学问由来贵积渐，潜心史海敢深探。

殚精补缺甘尤苦，竭虑钩沉喜过蓝。

得使故宫诸径朗，缘于紫阁九门谙。

郑翁引路多才俊，世上谁人不酷耽。

四

光阴百载亦匆匆，跋涉犹如雪上鸿。

马映草原云朵朵，人瞻佛寺殿重重。

金龙蟠柱争开眼，魏阙浮霞尽荡胸。

摄入镜头成定格，何当披卷探高踪。

五

丹桂飘香北国秋，举杯对月聚琼楼。

庭前玉树云边立，诗内功夫书外求。

康乐身心儿辈福，须臾名利水中沤。

古稀更有扬帆志，韵海波涛掌上留！

杨　焕（广西）

步韵郑欣淼先生《七十咏怀（五首）》

一

喜见仙翁奏凯旋，凌云意气独飘然。

平生事业红如火，到老功名淡若烟。

多少风流常入梦，方圆笔墨自经年。

故宫兜转看来好，应是前身欠此缘。

二

半世文章情独钟，薪传学业似生公。

一身从宦诗声起，博物如君眼力雄。

衍衍古稀心太白，怡怡难老笔长虹。

应欣修月拿云手，著述风骚豹尾中。

注：生公，晋末高僧。相传生公曾于苏州虎丘寺立石为徒，讲经至微妙处，石皆点头。

三

笔墨风流日月惭，好于文物作穷探。

曾经丝吐蚕成茧，更喜门生青胜蓝。

游宦襟怀谁与共，读书味道自相谙。

今诗都是惊人句，便识檀心性所耽。

四

高秋漫道去匆匆，极目长天逐雁鸿。

影到天边烟澹澹，行来藏域塞重重。

片云足下片云路，半在眉间半在胸。
何日我闲公亦乐，还从一一觅前踪。

五

老怀直笔著春秋，墨彩凝香画满楼。
数载青衫还有样，半生白发更无求。
且同使命修元本，不遣初心认一沤。
康藏烟霞依旧在，云闲诗意为君留。

杨春坡（河南）

恭和郑欣淼先生《七十咏怀》

一

云山有路自盘旋，春去秋来本自然。
渭水桥头曾步月，雪山峰顶欲凌烟。
沉心帝阙疏闲志，坦腹兰亭话昔年。
未尽余情何以结，倾心再续海山缘。

二

至言入耳似闻钟，古往今来几圣公？
呐喊因知风乏力，秋兴却见气宏雄。
扁舟载酒堪名世，犀笔传情可贯虹。
千古文章千古韵，萧萧不尽漫途中。

三

曲径幽深徐步渐，寻来圣境细心探。

精华应悟三更静，广阔如游四海蓝。

老树枝繁根自固，清溪流远世方谙。

何言舟破风难送，载酒渔翁兴正耽。

四

时光无迹太匆匆，谁用真情留雪鸿。

盐海悠悠情万里，故宫缓缓梦千重。

闪光可纳春秋影，定格能舒郁闷胸。

往事成烟随我记，流年不失水萍踪。

五

闲庭月朗正逢秋，菊酒斟来香满楼。

少小犹知勤自勉，高年不耻向人求。

清风相伴精气爽，残烛同台浓墨沤。

霜下何辞消瘦影，尘心试把玉壶留。

汪选辉（湖北襄阳）

步韵郑欣淼先生《七十咏怀》

一

人生七秩似风旋，惬意诗书自坦然。

惯赏卢沟桥畔月，常吟八达岭烽烟。

云岚览瀑三千丈，尘世寻诗几十年。
放胆山川不逾矩，古稀再结漫游缘。

二

诗成雅韵似黄钟，崇尚周公与杜公。
路骨朱门思抑郁，朝花野草起宏雄。
夕阳迟暮犹燃烛，晓月晨晖亦映虹。
匕首投枪诗本性，时时不忘在心中。

三

一路行来日日渐，暑寒不惧路来探。
甘推宫学薪传火，愿做人梯青胜蓝。
十五年华未虚度，三千故实已深谙。
虽然鬓发添霜雪，扶掖贤才仍挚耽。

四

旅游虽是去来匆，照片珍藏泥雪鸿。
厚土高天留影韵，红垣紫殿聚焦重。
快门轻点常开眼，记忆长存久荡胸。
夏绿春红最难忘，溪河岭岳贮行踪。

五

今朝桂绽适中秋，尽享馨香松鹤楼。
皓魄分辉犹寄远，寿星健体尚何求？
青葱岁月多风雨，七十人生不泡沤。
若问还存几多念，唯希更有好诗留。

汪火炎（湖北仙桃）

步韵郑欣淼先生《七十咏怀》

一

商海沉浮几转旋，露滋光溢自欣然。
南山摘取银花果，北国携来紫柳烟。
初上吟台生浩气，独留鹤阁惜英年。
晚生最喜青藤绿，纠结诗文此世缘。

二

案头唐韵枕边钟，偏入班门拜鲁公。
凿木刻龙钦赋壮，磨刀割玉仰文雄。
春风轻点一篙水，秋岭高悬万丈虹。
舍下孤吟闲次韵，残诗且寄白云中。

注：凿木刻龙，笔者十七岁随伯父学木匠。

三

满苑芳华明月渐，披衣举烛此中探。
蛟龙跃海兴风雨，冰雪封山不见蓝。
八首秋兴公雅韵，几篇春望我深谙。
老来苦读开佳境，种得幽兰乐且耽。

注：八首秋兴，笔者有《步杜甫秋兴八首》。

四

白泥湖水四时匆，漫卷风云掠远鸿。
李杜壮思萦九鼎，辛苏豪咏荡千重。

敲诗振玉愁开眼，饮酒倾杯喜阔胸。
远望楚天升瑞气，心随汉水有萍踪。

五

八月清词送仲秋，师兄相遇聚贤楼。
一身才俊骄堪慰，万卷文韬老更求。
入派三声依节律，俚吟四调弃浮沤。
此生闻道无多憾，拙句尘封韵自留。

汪久富（湖北武汉）

次韵郑欣淼会长《七十咏怀》

一

故宫告退凯歌旋，豁达逍遥适自然。
喜看九州逢盛世，难忘四海起烽烟。
频添白发三千丈，自信人生二百年。
熠熠夕阳无限好，景山北海结良缘。

二

杜陵鲁迅独情钟，为政清廉树大公。
妙笔生花花竞艳，含辛茹苦苦争雄。
扬帆破浪酬宏愿，展翅凌云跨彩虹。
为国为民圆宿梦，无私奉献记心中。

三

大任斯人苦乐渐，故宫珍宝得研探。

青铜古鼎和田璧，汉玉隋珠景泰蓝。

历代兴亡无浅见，名家书画有深谙。

艰辛创业垂青史，已届古稀心更耽。

四

踏遍青山来去匆，碧空放眼羡飞鸿。

高瞻大地九千里，穿越关山三百重。

拉萨观光存倩影，北京揽胜悦心胸。

五湖四海皆朋友，天上人间留雪踪。

五

丹桂飘香好个秋，举杯祝嘏向阳楼。

家和国富无何虑，米寿茶龄理应求。

不义钱财如粪土，攀高地位似浮沤。

此生无愧亦无憾，正气满腔千载留。

汪新军（湖北武汉）

无题五首
应邀微信即席平仄双步郑欣淼先生《七十咏怀》韵

一

殿自高高意自旋，谁知易北水萧然。

东渐一片秦淮月，南望几丝边塞烟。

枉许吟情冲万仞，空凝战气漫新年。
疆关四顾重兵在，尽读玉弓云海缘。

二

马上频频听鼓钟，靖边大业赖天公。
气弥朝野人心郁，字集汉唐诗势雄。
已老关山知秉烛，犹矜白发可飞虹。
岳家军奏和谐韵，枪在库房韬养中。

三

关河望断鬓华渐，风月无边人竞探。
两字关情驭湖海，一生治学辨红蓝。
惯捐余热退非歇，擅作新词老更谙。
仁者寿当追落日，焉教俗事把年耽？

四

眼底烟云过太匆，一如流水掠惊鸿。
风高蒙藏情千种，气郁江洋浪几重。
斗酒多因青在眼，吟诗每感义填胸。
寻梅踏雪韵休记，此去无人觅旧踪。

五

仗剑怀书愧素秋，圆瞪双目匿南楼。
阿三越线谁堪慰，老大挥兵或可求？
已恨珠峰冰上雨，犹惊瀛海水中沤。
宵宵梦好空余憾，唯有风花伴去留。

吴文尧（江苏盐城）

此韵郑欣淼会长《七十咏怀》五首

一

名就功成奏凯旋，心牵国学自欣然。
傍山靠海添情趣，谈古论今看柳烟。
史海钩沉难计日，书山求证未言年。
银屏发帖和佳作，有幸三生诗结缘。

二

律己严身敲警钟，为牛勤恳仰周公。
忧民爱国随工部，美语佳言赞杰雄。
立说多多扬典范，长歌阵阵唱霓虹。
抒怀镌咏真情动，笑对人生拼搏中。

三

立说著书时日渐，潜游深海丽珠探。
官清勤谨明于镜，学博精研青胜蓝。
雨雪风霜志方显，酸甜苦辣味多谙。
长江后浪推前浪，柳暗花明事不耽。

四

翻山涉水急匆匆，为使相机留雁鸿。
宝殿金銮形百种，高天厚土景千重。
乾坤定格装成册，浩气由然荡满胸。
锦绣神州腰竞折，征途漫漫觅仙踪。

五

枫红菊放正金秋，贺寿全家聚一楼。

酒绿灯红无所谓，心宽体健有何求？

人生短暂迎风雨，世事纷繁笑泡沤。

擎帜骚坛扬国粹，千年万载美名留。

吴盛贵（湖北洪湖）

恭和郑欣淼先生《七十咏怀》五首

一

风云几度忽如旋，山水风光乐自然。

笔洒群峰巫峡雨，纸凝孤鹜楚江烟。

岂悲白发三千丈，无悔红尘一百年。

不好沽名不钓誉，苦传薪火古今缘。

二

任其暮鼓与晨钟，伏案春秋效两公。

斗酒百篇非俗子，惊人半句亦英雄。

夜来陋室燃残烛，雨霁寒江跨彩虹。

纵有锋芒也不露，自知苦乐在其中。

三

满目文星虽远渐，中华儿女颔珠探。

源流博大渊侔海，造化精深青胜蓝。

十里故宫人未识，五千岁月有谁谙。

神州秋色千山醉，一望无边意正耽。

四

人生之旅太匆匆，风雨兼程印雪鸿。

四海九州情万种，三山五岳景千重。

长城险境曾舒眼，壶口惊涛尤荡胸。

开国雄文端在手，何须辗转觅禅踪。

五

富饶江汉最宜秋，骚客频登黄鹤楼。

拍岸惊涛虽易得，撼天佳作却难求。

晴川芳草经风雨，壮志豪情不泡沤。

莫叹古稀临暮色，力争多把好诗留。

吴晖华（安徽）

恭和郑欣淼先生《七十咏怀》

一

天都奉制此间旋，造化如斯乃自然。

笔借松声吟紫阙，峰从山色起青烟。

瑶池云想八千树，海屋筹添十万年。

御史衙门盈气象，欣逢其盛结仙缘。

二

少陵气象圣朝钟，今古骚人奉钜公。
紫阙聆听诗史壮，黄山萦绕酒歌雄。
咏怀笔力见风骨，步月楼台架彩虹。
遥向瀛洲云上看，蓬莱三岛海天中。

三

海内文坛风气渐，殷勤倡学始兴探。
为诗能厚今而古，觅句常新青与蓝。
世事咏怀春不老，时光流韵喜曾谙。
故宫著述等身处，秋叶满床思正耽。

四

记取朋从行色匆，时光飞逝印蒙鸿。
莽苍枫举手中叶，雪域鹰扬山外重。
朝觐恢宏到拉萨，丈量广袤入心胸。
经幡照耀恒河远，按下快门留影踪。

五

席暖筵隆盛咏秋，筹添海屋上层楼。
咏怀步韵千家和，聚首知音万句求。
松鹤图新浓墨彩，芝兰韵美辨浮沤。
耆英望重倾杯满，紫气氤氲七秩留。

吴地赐（湖北荆州）

步韵郑欣淼先生《七十咏怀（五首）》

一

有志雄才紫燕旋，满头霜发健依然。

意盟华夏连绵韵，情灌故宫烂漫烟。

提笔遐思飞万里，翻书穿越过千年。

添花织锦风云路，只种心田桃李缘。

注：紫燕，古代骏马名，泛指骏马。

二

安得长闻国乐钟，聆听四海和诗公。

萦怀昔日开疆事，尤赞郑君聪慧雄。

文冠群英凭史笔，才超诸子炫霓虹。

风光不觉悄然去，岁月蹉跎国运中。

三

修身积学任时渐，龙马额中珠宝探。

谁道众贤能继体，须知个个出于蓝。

百朝宫殿寻常忆，千里风帆兴可谙。

沉醉诗情融画境，胸藏万卷早曾耽。

四

人生如梦步匆匆，一代师贤比塞鸿。

文化交流情万笃，破冰之旅景千重。

若非山雨汛流激，怎有天台坦荡胸。
欲向何方寻足迹，康庄大道有行踪。

五

飘香硕果满高秋，再谱华章楼上楼。
百二河山情有寄，万千文物玉何求。
高擎大纛兴诗教，引领骚坛扫匦沤。
公仆精神尤可赞，清风明月世间留。

芍　君（重庆）

恭和郑欣淼先生《七十咏怀》

一

学优则仕任盘旋，流转芳华翁所然。
燕市铜驼风劲草，蓝田石马玉生烟。
五千贤哲一瞻瞬，六百故宫延寿年。
离岗不休心未老，换班重赋旧诗缘。

二

风物殷殷霜后钟，久惭纸画好龙公。
金门事定紫泥诏，地火烽高玄菟雄。
鸿鹄应尊衣敝履，垂裳不及雨晴虹。
青藤诗笔白阳墨，散在扬州八怪中。

三

日用于期在顿渐，可堪长夜掩笺探。

紫垣殿外玉关瘦，别馆寒砧画角蓝。

悠忽万千真了幻，秉承十五洞韬谙。

清诗警世香留齿，辗转红尘令我耽。

四

人来人去太匆匆，消息何曾断旅鸿。

汉藏石渠渠万道，唐蕃释学学三重。

牛羊云上失全目，雪水山高填满胸。

世界大千留一记，恒沙明灭定寻踪。

五

红叶西风好个秋，艺林夕照上层楼。

精神形式共兼顾，外表内涵皆渴求。

有所功成挥热汗，无关胜负笑浮沤。

红尘历尽吟骚楚，字里行间清气留。

苏方河（湖北武汉）

步韵郑欣淼先生《七十咏怀》

一

峥嵘岁月脑中旋，惜别乡邦转毅然。

负笈镐京鲲入海，运筹紫阙凤凌烟。

故宫倡学标新论，杜鲁专研伴盛年。
云物多情如有约，三生不解是骚缘。

二

少陵吟韵古今钟，鲁迅堪称铁骨公。
寓史于诗推圣手，投枪之笔逞英雄。
骚人本色酬家国，斗士精神贯日虹。
伏案孜孜欣有得，起看万丈夕阳中。

三

紫禁沉沉风雨渐，个中天地问谁探。
一条轴线规城郭，六百春秋立碧蓝。
保护文明人共识，交流学术世皆谙。
喜看后浪推前浪，他日功成乐且耽。

四

案牍劳神时日匆，三余远足慕飞鸿。
登临快意高原壮，指点凝神梵殿重。
青藏雪峰留影册，恒河禅迹绕心胸。
乐山乐水胜佳酿，醉倒诗人来去踪。

五

荏苒光阴鬓染秋，犹存远志敢登楼。
奋蹄老骥欣归去，接棒英才矢敏求。
情满江山催健步，胸无块垒笑浮沤。
人生得失何须憾，盈架琅嬛珍自留。

沈华维（北京）

次韵郑欣淼会长《七十咏怀》

一

深宫紫阙懒周旋，著述齐身却必然。
笔底心声抒愿景，篇中江海走风烟。
秋光寂寂怜今日，往事悠悠忆昔年。
马首每瞻知奋进，初衷不改守诗缘。

二

几分逸兴觅诗钟，半为消闲半为公。
化蝶眠花腰渐瘦，无鱼弹铗气犹雄。
耻人不作风前柳，举首曾瞻雨后虹。
留得蓬莱仙骨健，放歌水畔与山中。

三

大雅诗风吹正渐，律求工稳颔珠探。
微吟敢做千秋想，小隐惟求一角蓝。
深浅天心人共昧，方圆世事我初谙。
挥毫书写新时代，好梦相催不用耽。

四

浪迹江湖步履匆，卷帘天际看征鸿。
心潮已向激情射，胜景俱随花影重。
好把琴樽闲寄意，莫将块垒苦填胸。
孤吟风雨悲苏杜，回首青山没雪踪。

五

飘零已届九年秋，立足栖身租片楼。

剑气将埋终是幻，天心未卜更无求。

名缰难勒疯狂马，文藻常浮泡沫沤。

老去山居唯有好，诗林词圃喜勾留。

沈长庚（江苏盐城）

步韵郑欣淼先生《七十咏怀》五首

一

鲲鹏展翅九霄旋，俯瞰神州一目然。

青海碧波涵日月，秦川福地起云烟。

情牵故里三秋树，血荐轩辕五十年。

畎亩腾飞居帝阙，凌云不忘恋乡缘。

二

大名贯耳胜黄钟，授奖垂青幸见公。

圣手扶苗施德泽，丹心映日仰诗雄。

已邀明月燃红烛，再请高山架彩虹。

共祝古稀添百寿，虔诚尽在不言中。

注：2017年6月9日，于全国政协文史礼堂，郑会长亲自为我颁奖，并合影留念。

三

奉献韶华岁月渐，殷勤为国逸珠探。

忘餐废寝研宫学，斩浪劈波迎海蓝。

明法清规通晓识，精雕典筑悉深谙。

任它暑酷寒风冽，文物维修意正耽。

四

研文演讲总匆匆，宦海文坛印雁鸿。

著作齐身云万卷，门徒满座浪千重。

树人铮骨梅兰节，子美诗风江海胸。

自带相机留影集，翻开清晰见行踪。

五

韶光易度正逢秋，七秩开怀更上楼。

矢志光前频建树，醉心裕后复追求。

弥坚老骥呼风雨，不改初心拂泡沤。

巨著华章滋后辈，童颜鹤寿福长留。

严行慈（美国）

恭和中华诗词学会郑欣淼会长《七十咏怀》五首

一

一捲风尘韵自旋，诗魂不朽理当然。

曾经璞玉昆冈火，才解蛮金紫禁烟。

万丈雪峰观皎月，八方吟友贺椿年。
传承国粹追旗手，好结骚坛翰墨缘。

二

后乐先忧铸警钟，故宫半隐胜陶公。
诗坛有长德生蘖，骚客无人忝曰雄。
焦土枭风生傲骨，霾天正气吐长虹。
鲁文杜韵常萦耳，三万亲兵唱振中。

三

文坛诗苑日月渐，敢率专才北海探。
蓼草青心来自赤，门生继钵出于蓝。
满身解术重难惑，万事人间已饱谙。
霞笼景山无限好，故宫化履胜卢耽。

四

百岁人生亦太匆，永生或指梦苏鸿。
当年寄志邀三鸟，现代乘机探九重。
会长一人裁韵脚，歌喉两万荡心胸。
全民奔富旋风起，骚客焉能少印踪！

五

硕果新枝好个秋，倾杯放眼应登楼。
一生举帜捐身予，五地招贤刻像求。
鼓起唐风扬秕粕，引来宋雨去旋沤。
和声四处含何意？遮道诗人借句留。

严美群（广东）

恭和中华诗词学会郑欣淼会长《七十咏怀》五首

一

一卷歌行韵律旋，诗心自在本天然。

身经烈火熬成铁，心向苍松淡若烟。

两鬓霜花情不老，三杯红酒话当年。

古稀唯愿圆华梦，唱和声中结善缘。

二

觅韵高楼架鼓钟，闲来翰海作书公。

梧桐叶茂鸾栖凤，墨笔云翻众道雄。

一卷汗青犹带血，六朝风物逝如虹。

初心不改颜虽老，七秩犹如日正中。

三

诗海无涯岁月渐，奇思险韵偶求探。

文坛桃李枝枝秀，画苑丹青点点蓝。

一卷读来春秋去，半生炼就喜悲谙。

常携五宝书香沁，问鼎高峰步正耽。

四

行山涉水步匆匆，秋日寻枫叶寄鸿。

西北追风山水异，东南探险木花重。

沉疴积弊迷心眼，美景良辰纳腹胸。

华夏有痕诗作记，等身著作烙形踪。

五

红叶黄花雁唤秋，骚朋墨客聚琼楼。

吟哦忘却红尘事，唱和流连网络求。

常效仁贤悲弱者，不随草莽逐浮沤。

古稀长幸身安健，一卷诗情世上留。

余永刚（安徽）

步韵郑欣淼先生《七十咏怀》五首

一

入世人生磨蚁旋，潮流顺应自安然。

仁心可鉴清溪月，雅趣常吟紫陌烟。

北海云涛标走向，景山风物看流年。

衙门若市明公乐，一组诗联万国缘。

二

耳畔常鸣警世钟，兴邦立国赖诸公。

军科慑敌主权铁，带路通商资本雄。

北阙精英筹大局，南疆陆岛起长虹。

中华合力同圆梦，世界和平发展中。

三

德寿如公信木渐，沧桑远古敢穷探。

故宫博物藏今古，青史英名载赤蓝。

宇宙存亡能预见，天人演变已深谙。

平生贡献奔科学，郑老稀年犹未耽。

四

过隙驹光岁月匆，昆明湖畔憩天鸿。

雪泥爪影传千代，宫学难题破万重。

华夏文明存见证，国家珍宝放宽胸。

搜奇踏遍神州地，海角天涯寄旧踪。

五

亲历新华七十秋，兴邦代代上层楼。

祖风后继诚堪慰，茶寿筵开信可求。

学海扬帆君舵手，诗坛和韵我轻沤。

祝公松柏南山永，岁岁高吟万客留。

注：磨蚁：喻指日月在天体中的运行。亦用以比喻忙碌不停的人或循环不已的事物。

余江龙（安徽）

恭和郑欣淼会长《七十咏怀》五首

一

宦业昭昭奏凯旋，壮心不老志依然。

吟坛掌施兴唐韵，学圃挥锄沐曙烟。

阔论豪吟惊四座，鸿篇钜制足千年。

丰标湛湛同钦仰，欲睹风威待后缘。

二

真知灼见引黄钟，论古评今理至公。
史海钩沉椽笔健，诗山索隐匠心雄。
十年继晷呈新作，七秩修为绽彩虹。
笑看韦编三绝后，漫收精髓入囊中。

三

皇城故事与时渐，幸得方家邃密探。
大纛摩云星汉白，轻舟逐浪海天蓝。
不忧矍圃新苗瘦，且喜桃源曲径谙。
著述洋洋连牍出，师生戮力几曾眈？

四

岁月从来去太匆，红尘客过似惊鸿。
三刀梦醒情千缕，七步诗吟意几重？
不向青云嗟夙志，惟将美酒润枯胸。
回眸坎路成追忆，旧照帧帧觅迹踪。

五

酡枫艳菊醉三秋，晚照斜阳映画楼。
雅客盈门当笑饮，贤孙绕膝岂多求？
传杯共咏良辰赋，论道同嗟腐水沤。
不羡红尘多胜事，却将诗酒永淹留。

余永源（福建长乐）

步韵郑欣淼先生《七十咏怀（五首）》

一

关上诗翁墨路旋，犁春种夏自悠然。
古稀犹健清宫秘，少壮常攀翰海烟。
阅尽风尘三百万，探寻历史五千年。
夕阳再补春华梦，内务倾怀结夙缘。

二

流水光阴示警钟，书山采掘学愚公。
披星何畏三冬冷，跃马该追万里雄。
摘桂无妨奔月窟，题名已是步麟鸿。
先贤锦路儒生效，郑氏扬名翰苑中。

三

扬帆翰海素心渐，捉骊挥鞭锦笈探。
难学杜陵诗赋老，应争姜尚青出蓝。
有情古迹逢春醒，无脚声音借翅谙。
秋色斑斓耕不辍，暮津几见云鹤耽。

四

塞北江南步履匆，名山秀水翥飞鸿。
屐痕有迹高原朗，宫殿倾情岁月重。
两集风云随手摘，一机气象蕴心胸。
难同贾谊湮光景，更步朱熹觅圣踪。

五

桂芬菊馥乐金秋，祝寿欣歌富水楼。

举盏心清名利淡，接风腹暖老生求。

珍肴不把花笺养，楮笔常怀玉液沤。

莫悔韶华诗骨健，回眸更得锦章留。

肖天秀（湖北枣阳）

恭和郑欣淼会长《七十咏怀》

一、潮州诗缘

云崖飞度任盘旋，客聚潮州喜粲然。

诗赋清新融碧水，书声激越醉岚烟。

韩山寄兴霜枫叶，凤阁舒怀豆蔻年。

飘荡旗幡犹拟问，何时再续韵中缘。

注：潮州有韩山，韩江，凤阁，广济桥楼，韩文公祠
等景点。桥楼门楣上和旗幡上均有许多美联诗句。

二、泸州行吟

千年老窖独情钟，雾里云间作醉公。

酣畅刘伶飞九界，翩跹李白傲群雄。

何愁吐韵无佳句，最喜倾杯化彩虹。

酒肉穿肠君莫笑，依然佛祖在心中。

注：乐山大佛在泸州附近。

三、思亲

踯躅丘陵雾霭渐，茱萸摇曳早相探。

长看瓷像宣悲泪，勿忘我花呈碧蓝。

未报亲恩心久憾，幸蒙教诲事方谙。

低吟野岭穿三界，一首秋诗思正耽。

四、重阳抒怀

光阴荏苒玉梭匆，又是云天写字鸿。

寄慨吟诗情一片，抒怀咏志路千重。

共敲韵律当倾胆，互吐心声应坦胸。

笔势纵横三万里，风流文采有吾踪。

五、醉在深秋

天高云淡适逢秋，佳节重阳出绣楼。

红袖添香图画访，柔丝织锦玉人求。

园篱赏菊将心静，莲子埋泥任水沤。

环望家乡千岭染，徜徉山水好诗留。

沙　月（湖北武汉）

步韵中华诗词学会会长郑欣淼感怀五首

一

连珠唱玉曲香旋，江月衔梅自湛然。

柳色连阡闻笛赋，麦香漫野起炊烟。

经霜筚路芸窗卷，立雪程门风雨年。

林下踏歌新竹茂，东亭春韵结诗缘。

二

杏林弦诵数声钟，夙夜躬耕心在公。

三尺云溪生翠竹，一轮沙月步群雄。

培根培栋千秋力，裁暑裁春七彩虹。

两袖清风终不悔，满园桃李入诗中。

三

问津俗读十年渐，原典传薪已试探。

明德新民求至善，修身授业育青蓝。

春光可掬心先悟，秋水能吟道已谙。

自笑不从陶令去，只缘诸子圣贤耽。

注：沙月与友人共同创办并主持武汉市教育学会儒家文化研究会，耕耘砥砺十年，著有《大学俗读》《学记俗读》《论语俗读》等书稿。

四

新梢待日正匆匆，翠影如随戏海鸿。

白帝城头识多士，江滩汉口步双重。

调元腕底文章伯，罗汉弦余锦绣胸。

我欲篁山飞万壑，飘然伴月访仙踪。

注：沙月著有《清叶氏汉口竹枝词解读》《沙月竹枝词》《路过》等，作品四首镌刻于汉口江滩里程碑上。

五

缁尘汉水素衣秋，瘦减梅妆探鹤楼。

十上美芹忧炭贱，三探诗学试搜求。

糊涂一世蛮边旅，狼藉半生萍下沤。

信有天心呵护甚，不妨容我墨痕留。

周洪斌（江西）

恭和郑欣淼先生《七十咏怀》五首

一

当从渭水作东旋，一路乘风也自然。

荒漠还忧文物事，繁华尤记故乡烟。

潜心学问开初叶，励志稀龄赶壮年。

大笔如椽书绝妙，骊珠喜得有诗缘。

二

雅怀初咏似黄钟，引领骚坛仰郑公。

诗得少陵工律美，书编鲁迅笔才雄。

春风宇动嵌明月，浩气云浮贯彩虹。

学问官衙担大任，著文总在百忙中。

三

六百年间文脉渐，故宫学说起初探。

欣看殿宇雕花异，细赏青瓷釉色蓝。

紫阙规模时欲现，皇家气势几曾谙。

慢将禹甸精华录，十五春秋应未耽。

四

自是人生岁月匆，秋来暑去望飞鸿。

高原雪域风情展，紫殿雕梁画影重。

欣赏瞬间开众眼，留连妙景醉蟠胸。

斑斓集锦墨香久，后世功留显旧踪。

五

红叶如花已入秋，菊香沁润上层楼。

斜辉添彩聊堪慰，鹤影长闲何所求。

回首征程空筑梦，纵观尘世惜浮沤。

举杯遥作华封祝，松柏常青千载留。

周胜辉（湖北麻城）

全尾字步郑会长《七十咏怀》

一、康庄黎庶总团缘

貔貅昂奋舞如旋，北国驱驰气浩然。

敢教头颅悬日月，拼将热血扫狼烟。

珠峰逊我三千仞，沧海饶他亿万年。

要与中华同永在，康庄黎庶总团缘。

二、名满东南西北中

站似苍松坐似钟，常嘲智叟慕愚公。
胸怀天下豪情郁，心有黎民愿景雄。
万盏文灯光似烛，千钧笔力气如虹。
欣然写尽江河韵，名满东南西北中。

三、识途老骥又深耽

胸怀社稷志鸿渐，学贯中西复解探。
笔卷波涛如瀚海，心存澄澈若嗡蓝。
事无竟处亡衰歇，眼未昏时更洞谙。
诗国葳蕤蓬勃日，识途老骥又深耽。

四、振翼河山著巨踪（中华新韵）

岂畏流年太遽匆，神州引项眺飞鸿。
诗情磊落疑无种，剑胆铿锵勿有重。
云纵横难遮望眼，天高远可寄心胸。
清名久享何须记，振翼河山著巨踪。

五、一轮明月为君留

古稀矍铄莫言秋，敢许青春八咏楼。
笔谢苍生心有慰，冠轻毛羽愿无求。
擎诗帜斗淫天雨，履海疆嘲恶浪沤。
快意江湖抛恨憾，一轮明月为君留。

周　玲（湖北武汉）

步韵郑钦淼先生《七十咏怀》

一、梦觉

万壑清风影自旋，物华尘外绪悠然。
心驰故水云驰月，梦转溪花暮转烟。
守尽余生付痴意，坐吟诗韵对流年。
欲休世事千愁没，四海长寻一笑缘。

二、咏雪

一夜飞花十万钟，茫茫素影慰天公。
寒梅问道心何寂，涧岭铺霜气自雄。
纵有冰尘消旧恨，犹思霁日饮新虹。
今朝不解愁几许，化作悠悠碧水中。

三、无题

寒柳轻随风渐渐，云林三径遍相探。
宿烟拂尽尘归土，旷境驰来水蘸蓝。
欲近吾庐心未远，漫经世事梦何谙。
苍茫谁与春秋度？长醉青溪意正耽。

四、忆秋

半轮寒日去匆匆，长倚青山送远鸿。
陌柳迎风风万里，素心挥影影千重。
无边秋意难成醉，何处情思尽入胸。
总是浮光留不住，谁人犹忆旧时踪？

五、银杏有怀

满庭黄叶不知秋，片片相思入小楼。

浅笑迎风风欲语，冰心枕梦梦无求。

撷来一段尘间事，遣尽千愁水上沤。

别后依稀斜日远，半窗寒影为谁留？

林大谟（湖北长阳）

恭和郑欣淼先生《七十咏怀》五首

一

浓墨为君书凯旋，春秋遍阅自安然。

渭川岭上悬秦月，青海湖中生紫烟。

帝苑生辉留往事，诗坛任重再华年。

七旬好似中天日，国粹传承难解缘。

二

吟旌力举恁情钟，怒放琼花仰郑公。

笔下良言明世道，手中诗事作时雄。

丹心默默声如玉，傲骨铮铮气若虹。

十载风云多变幻，高人掌控不言中。

三

万丈文渊与日渐，几人功力敢真探？

故宫倡学深如海，国粹弘扬青胜蓝。

十五流年旗未偃，三千世界味深谙。

稀龄仍有凌云志，可信未来情更耽。

四

代序春秋步履匆，风尘影像寄飞鸿。

京城宝殿情千里，青藏高天梦万重。

历历行程开眼界，悠悠往事荡心胸。

神州踏遍人何老，方寸收藏觅旧踪。

五

人生七十正金秋，尽可摘星登顶楼。

桃李无言无所憾，儿孙有志有何求？

流年坎坷随风去，回首沉浮等水沤。

祝愿来时体康健，如歌岁月梦长留。

范安萍（安徽）

恭和郑欣淼先生《七十咏怀》五首

一

任是霜风几度旋，笑观世事自怡然。

犹登北岭无斑竹，恰过东篱有鹤烟。

健体畅行堪九曲，盛华饱思已多年。

飞来椽笔描千景，乐在吟坛结妙缘。

二

立似青松坐若钟，温文风雅首推公。
曲鸣涧谷声犹婉，气震山河势自雄。
磨砚轻呼梅绽蕊，裁云豪舞日飞虹。
诗心迸发谁能比，恰醉悠然画境中。

三

宝刀岂惧雪霜渐，古寺深林君必探。
犹望大儒超过祖，更期青壮胜于蓝。
花飞紫砚堪怜问，月洒流光莫细谙。
风骨丹心情志在，急传薪火不曾耽。

四

自古流光总是匆，幸来一路伴云鸿。
琼花入镜开千朵，鹤仙腾空向九重。
有韵梅兰随猎影，无常世事了于胸。
情迷塞北还难尽，再绕江南觅旧踪。

五

恰逢寿诞挽清秋，邀饮琼浆得月楼。
三味浅尝堪有韵，千华阅尽自无求。
醉吟好句添情趣，笑看浮尘化海沤。
莫道诗心难远寄，长焦广镜已存留。

范德甫（湖北荆州）

奉和郑欣淼先生《七十咏怀》原玉
（七律五首）

一

人生幻彩庆云旋，跃马扬鞭气浩然。
绩伟功丰垂史册，名缰利锁等云烟。
已征筚路三千里，不泯初心一百年。
迈步稀龄犹健朗，文坛扛鼎结诗缘。

二

隽语诤言警世钟，丹心可鉴只为公。
眼观世态识真伪，怀抱豪情效烈雄。
百万诗兵兴盛事，一梭烟雨贯长虹。
起承转合显高格，已树丰碑黎庶中。

三

传薪播火岁华渐，玉律金科仔细探。
论语新裁臻善美，故宫博学识青蓝。
大千世界玄黄判，宇宙洪荒奥秘谙。
苦口婆心终有果，一腔热血韵尤耽。

四

多情岁月总匆匆，漫道雄关印雪鸿。
征路宽平云缈缈，诗风浩荡影重重。

春花秋月系于手，马列毛公装在胸。
群怨兴观新职守，菩提只是旧行踪。

五

韶华莫道已临秋，又上龟蛇黄鹤楼。
培育芝兰孚众望，掌门艺苑苦追求。
赤金白玉遴窗览，败滓陈渣付水沤。
文史曾经铭美誉，骚坛又把令名留。

易清亮（四川）

步韵郑欣淼先生《七十咏怀》

一

一路风尘日月旋，与时俱进乐悠然。
陕西迈步扬朝气，青海奔途笑暮烟。
雪岭对焦成集影，故宫酬智度休年。
老当益壮诗心灿，满腹珠玑喜结缘。

二

研究潜心情独钟，文评鲁迅少陵公。
才追李杜才思敏，笔写波澜笔力雄。
哪怕热风腾暑气，何愁炎雨湿秋虹。
探求不止勤酬志，乐在耕耘忘我中。

三

进取无休岁月渐，故宫研究勇新探。

深居简出勤忘苦，乐读善思青胜蓝。

酷爱吟诗笔难辍，痴迷摄影技尤谙。

古稀初度精神爽，倡学追求步不耽。

四

情钟拍摄步匆匆，对镜忙忙留远鸿。

雪域风光情叠叠，皇宫气象影重重。

调焦准准翻成画，入册精精印在胸。

漫漫人生喜求索，回思美美憾无踪。

五

一支椽笔写春秋，步步登高更上楼。

不负初心勤探索，难消壮志勇追求。

青丝锐气虽存梦，白发真情岂是沤？

回首怡然夕阳灿，自谦邀韵好诗留。

郑瑞霞（河南）

步韵郑欣淼先生《七十咏怀》

一

松鹤徘徊彩蝶旋，金樽把酒醉悠然。

抱琴独爱书山月，弹指轻挥宦海烟。

宝墨添香逢寿诞，青春不老恰华年。
杏坛有意常留步，为国频行伯乐缘。

二

文章浩荡字如钟，有幸诗坛仰郑公。
泼墨扬旗开大道，居官掌印傲群雄。
清风满袖西江月，正气一身东海虹。
多少风云成旧事，精诚无限凯歌中。

三

诗香一路我心渐，泰斗文章仔细探。
难与东坡分上下，怎同工部辨青蓝。
天机玄奥轻松解，道法幽深自在谙。
境界行来通达处，随它万卷不需耽。

四

莫嗟逝水旧年匆，再向高原摄雪鸿。
大翼驮诗飞万里，长风载梦越千重。
黄河壮美编成册，华岳巍峨纳入胸。
最爱紫垣闲步晚，梅花明月伴行踪。

五

高阳烁烁灿金秋，更有雄心上鹤楼。
澎湃文涛犹不止，冗繁俗事已无求。
安闲健步登花岭，自在舒眉看海沤。
想必鸿篇千万字，定将翰墨史中留。

罗金华（湖北荆门）

步韵郑先生 七十咏怀 （五首）

一

稀龄上寿乐周旋，阅历多时自醒然。

怀抱古今知岁月，仰观宇宙辨云烟。

拾来太白生花笔，还续桓温倚马年。

衣带渐宽心矩在，合开诗眼也随缘。

二

当代骚人情独钟，高吟曙色向天公。

九州共韵邀千友，四海知音有两雄。

梦里经年身化鹤，秋来几度气吞虹。

欣为孺子作牛事，万象纷纭一笑中。

注：两雄，杜甫与鲁迅。

三

著书立说髪霜渐，大道酬勤细细探。

磊磊胸怀扬国粹，泱泱翰墨映天蓝。

三千云路从无歇，九万长风始得谙。

抒志惜时还举鼎，调声叶律把诗耽。

四

话别才知去太匆，南来飞燕北归鸿。

格桑花绽千千片，紫禁烟光万万重。

渐觉荧屏堪送目，当年疏影总盈胸。

恒河觅佛行程远，曲散广陵无迹踪。

五

松柏岁寒犹耐秋，醉吟须上谢家楼。

天公遣足强身愿，乐趣归心养性求。

笔底风光光欲烁，谁知幻境境浮沤。

儿孙独立堪欣慰，欢举金杯鹤影留。

姚泉名（湖北武汉）

四六咏怀步郑欣淼先生《七十咏怀》韵

一

生涯自与地球旋，四十六秋常燦然。

只信船头千叠浪，无非塬上数重烟。

丹心耿耿看中国，霜鬓萧萧作少年。

百事殷勤闲未赋，盟鸥到底待前缘。

二

政局岂容僧撞钟，况知吾是主人公。

万家心事昔时苦，一纸蓝图当世雄。

未老精神圆瑞梦，转晴天地画青虹。

壮年总觉光阴迫，身在大潮舒卷中。

三

江河万古水渐渐，大雅芬芳乐解探。
唐宋已曾多创调，靛青莫谓不如蓝。
西诗引入新腔好，我意由来旧韵谙。
盛代功名无一寸，磨人句律却深耽。

四

江南江北自匆匆，五载离家伴燕鸿。
老父已吞千万语，青山似隔两三重。
新书再厚终为纸，虚位常高未绣胸。
幸得荆妻不相厌，春风秋雨蹑余踪。

五

风情壮岁岂知秋，江上青云入鹤楼。
离岛未收因有待，读书若饱更无求。
但随龙马跨千里，莫弃精魂寄一沤。
荆楚长天供极目，白鸥数点为诗留。

胡勤环（湖北洪湖）

恭和郑欣淼先生《七十咏怀》五首

一

跋涉山川步履旋，经寒沐暑自安然。
攀峰头顶西都月，踏浪心萦青海烟。

深究文山高百仞，耽研宫史越千年。
古稀放眼期颐在，夕照桑榆翰墨缘。

二

一路聆听警世钟，亲民爱国誉廉公。
培红植绿葱葱郁，散雾驱霾处处雄。
且喜五湖燃玉烛，更欣四海映长虹。
诗翁尽兴吟新韵，热血沸腾追梦中。

三

求知古阁岁华渐，不畏严寒酷暑探。
情系藏经深似海，师传弟子胜于蓝。
焚膏继晷三生慰，鉴古观今四库谙。
颐养天年归去日，孙贤子孝过苏眈。

四

送暑迎寒一路匆，跋山涉水觅泥鸿。
追真寻美情千种，摄影调光景万重。
精彩无穷开笑眼，攀追不止豁心胸。
丹宫紫禁留碑记，手捧春秋赏印踪。

五

红枫艳艳映金秋，把盏长吟五凤楼。
淡泊情怀心少郁，清高意趣韵多求。
文章千古状元雨，富贵一时浮水沤。
亮节高风人景仰，骚坛硕果九州留。

胡晓福（河北）

恭和郑欣淼先生《七十咏怀》五首

一

人生在世几回旋，叶落归根合自然。
塞上枯荣经岁月，乡中甘苦过云烟。
为民尽力倾忠胆，许国全心献盛年。
岁老田塍撷雅韵，耕耘不辍结诗缘。

二

诗词酷爱独情钟，咏叹抒怀数郑公。
字里行间涵敏睿，篇中偶处蕴豪雄。
余今傍壁耕香砚，他日随奎跨彩虹。
待到习研精粹后，娴书绮墨展堂中。

注；奎，壁，星宿名，二十八宿之一。

三

古韵渊长文脉渐，华年懵懂少研探。
乍习深感诗涵邃，久悟方能青胜蓝。
常采乾坤博绮句，勤耕纸砚技娴谙。
遐龄不歇行吟事，料得今生志不耽。

四

曾栖戍垒日匆匆，北战南征似雁鸿。
塞外巡疆经卅载，关中宦路步千重。

当施义德传民口，欲树廉风扪自胸。
岁老犹须留晚节，荷花淀里觅贤踪。

五

菊艳霜飞正晚秋，乡中小聚饮琼楼。
盘桓桑梓当无虑，问讯村朋或有求。
仕宦征程多坎路，人生在世绝浮沤。
闲暇愿赴遥津旅。踏遍山河俪句留。

胡　宁（安徽）

步郑欣淼先生《七十咏怀》

一

红牙象板九环旋，长向尊前鸣朗然。
当执觥船采华藻，闲看津雾杂苍烟。
敷霜黄菊偏逢露，磐石丹墀更跨年。
抃祝声声歌百阕，心澄天亦付因缘。

二

寸莛于手撞黄钟，我仰嵯峨止钜公。
荐瑞奎星山岳寿，流芳大器藻章雄。
梗高施展摩云臂，冥阔挦撦炼液虹。
鲸吼年年聋不醒，清商一径月明中。

三

骊珠嚣滓久沉渐，幸有先生仔细探。
洪学经年平仄路，旷怀奔濑海天蓝。
巉峨建树情交契，散佚藏踪心历谙。
一岳出云山尽小，故宫宝笈始终耽。

四

莽苍阅尽岁云匆，爱景辑来酬友鸿。
焦聚高原明月彻，框方金阙蜃楼重。
快门囧囧犹三鉴，环晕瑰瑰唯一胸。
流迈时光欣折叠，雪峰禁苑践真踪。

五

枫举引燃山海秋，遐云黛碧但凭楼。
浩歌过耳风湍急，君子披怀何忮求。
纵是霓霞开瞬息，亦将烂漫灼浮沤。
龙骧蠖屈皆无悔，抱玉今生真字留。

胡国栋（湖北荆门）

步郑欣淼先生《七十咏怀》原韵奉和

一

清风两袖阁台旋，不饰骄矜却卓然。
燮理阴阳存竹帛，笑谈富贵化云烟。

征尘仆仆开新路，逆旅匆匆忆昔年。
美誉修身犹自律，咏怀唱和古稀缘。

二

宵衣旰食警晨钟，吐哺归心为大公。
策建民生家国富，志谋社稷九州雄。
英才主政才无价，浩气驱邪气贯虹。
雨雪风霜何所惧，先忧后乐不言中。

三

学海书山日以渐，焚膏继晷每深探。
师名远播研典籍，炉火纯青胜碧蓝。
授业何亏前辈誉，传经必教后生谙。
鞠躬尽瘁倾心力，激浊扬清锐意耽。

四

攀登之旅步匆匆，术业交流印雪鸿。
文物科研标独秀，故宫学问探千重。
千年宝藏终开眼，万象精华始荡胸。
引领诗朋齐进发，钩沉致远我跟踪。

五

大笔如椽春与秋，更教辞赋上层楼。
诗词大会倾心策，翰墨金声应世求。
伯乐能挑千里马，孤鸿可点万波沤。
今闻众唱兼葭曲，犹有淳风雅韵留。

胡　彭（北京）

七律五首步韵贺郑欣淼会长杖国之辰

一

律音十二作轮旋，无射①为宫气淑然。

有庆佳辰诗作贺，多羁往事忆如烟。

华山潼水捐花季，衔竹斋梅慰鹤年。

《寸进集》②中参大象，风流仰止领文缘。

注：①无射，中国古乐律名之一。郑公生辰为阳历十
月农历九月，在十二律为无射宫。②《寸进集》，郑公关于
研究类的作品集。

二

仙吕一支酒万钟，赏花时调寿欣公。

凤翎翠帚随心扫，蒲郡潼关兀自雄。

空即不空人近惑，道非可道幻如虹。

流年未许轻流逝，更倩辛勤指此中。

注：赏花时调，[仙吕·赏花时]。有两支传世曲，一在
邯郸记，一在西厢记。内容即颔联两句。

三

鳌宫金水听渐渐。当日儒巾勤谨探。

伏案灯前指常墨，至今卷上迹犹蓝。

百年文劫终须醒，千古才情难尽谙。

独向养心斋畔坐，眉间默默意耽耽。

四

地北天南何太匆，雪泥深浅去来鸿。

黄河青海历还历，金殿红墙重复重。

八斗文章消遣手，一番托付扩张胸。

也闻大内新修葺，寻向端门识寄踪。

注：一番托付，指郑公领衔大修故宫事。

五

爱听太液响清秋，佳日将身神武楼①。

高处更登从放逸，秘中无尽待搜求。

一囊焦尾琴谁斫，六尺生宣纸自沤。

指向陟山街②上看，诗书充栋足勾留。

注：①神武楼，故宫北门神武门门楼。②陟山街，郑公退后的办公室移至清监察御史衙门，在景山西陟山门街。

193

饶楚亮（湖北赤壁）

恭和郑欣淼先生《七十咏怀》五首

一

峥嵘岁月似风旋，龄届古稀气浩然。

塬上难忘挥热汗，关中遥忆数兰烟。

通观紫禁三千日，阅尽人间七十年。

更许初心犹未改，弘扬国粹结诗缘。

二

唐风宋韵独情钟，力举吟旌仰郑公。
杜圣情怀怜庶苦，苏仙气格显豪雄。
铮铮傲骨胸盈海，灿灿专研笔吐虹。
十载诗坛歌未歇，挥毫染翰五云中。

三

李杜诗风日月渐，骊珠浪海赖君探。
故宫倡学超乎古，国粹弘扬胜过蓝。
坦荡襟怀谁与共，清新韵味众相谙。
稀龄仍有鸿鹄志，夕照青山尽足耽。

四

君勤走笔惯匆匆，影集生辉记雪鸿。
青藏调焦风采亮，紫垣定格史诗重。
皆因景美先开镜，预觉情多已涨胸。
踏遍神州人未老，留芳两卷颂高踪。

五

挥毫河汉泻新秋，寿庆古稀松鹤楼。
雅健心身堪可贺，贤能儿女又何求。
平生阅历当财富，浮世功名视水沤。
海屋添筹诗兴发，佳章处处和声留。

贺律桂（湖北咸宁）

恭和郑欣淼先生《七十咏怀》五首

一

吟坛举帜墨飞旋，夜里挑灯亦粲然。

笃学传薪弘国粹，引朋撷秀拂江烟。

青春常抱忠贞志，白首难忘淡泊年。

人近黄昏心益壮，豪情无限结诗缘。

二

信奉哲人情独钟，深研专著仰周公。

心源活泼精神爽，笔底深沉气势雄。

有骨文章辉日月，无尘肺腑映霞虹。

锋芒不露身犹健，振翮高飞碧落中。

三

词海诗山雨雪渐，书林漫步宝珍探。

耕耘文苑红添紫，研究故宫青赛蓝。

无厌求知中外览，有恒治学古今谙。

晚霞万丈辉尤灿，身近桑榆句更耽。

四

周游揽胜步匆匆，抓拍镜头留爪鸿。

戏柏黄莺情得得，恋花金蝶意重重。

紫垣博院迷人眼，青藏高原暖尔胸。

厚土高天诗影集，精编两册记行踪。

五

花果飘香正值秋，携朋揽胜笑盈楼。

霜侵北苑春常驻，夕照西山梦更求。

天作纸笺随得取，笔凝火焰弃浮沤。

丹心碧血捐余热，立说著书珍宝留。

姜　彬（湖北大冶）

恭和郑欣淼先生《七十咏怀》

一

新时代曲久回旋，一染离骚气浩然。

寄慨镐京云锁月，骋怀渭水柳垂烟。

情因妙句浓香酒，梦载春风富贵年。

坤殿乾门掰指数，几人深结故宫缘。

二

伫听金湖世纪钟，今朝犹是主人公。

烟波鼓我心帆阔，文竹怜君骨气雄。

路越千山行正道，桥横万水卧长虹。

沧桑世事知多少，尽在浮生况味中。

三

秦砖汉瓦月华渐，国有奇才亦可探。

泰斗宫中究红紫，大家笔下出青蓝。

风骚未减精神健，荣辱无惊世味谙。

任尔天排何角色，依然不改寸心耽。

四

休云老态步难匆，印铁抓痕有几鸿？

养百年心情叠叠，阅千古事梦重重。

立崖斗雪如梅骨，吐岛吞涛似海胸。

远挂云帆真个爽，行吟摄影记游踪。

五

稀龄迩至正逢秋，祝寿杯传上苑楼。

晋柏唐槐问谁赏，清风明月任吾求。

文光劲射山千仞，诗浪弘掀水万沤。

最慕昆仑松不老，普天云鹤韵长留。

姜天然（湖北大冶）

恭和郑欣淼先生《七十咏怀》

一

有脚阳春岁月旋，人生如梦忆悠然。

风摇金菊傲霜骨，霞映丹枫袅紫烟。

胜日欣游芳草地，古稀乐享太平年。

书山文海畅怀事，诗友吟朋广结缘。

二

趣味诗坛情独钟，时光未负白头公。
古稀焕彩天伦乐，妙笔生花气势雄。
傲雪寒梅香胜酒，历秋霜叶美如虹。
城乡经济春潮激，捷报频传欢笑中。

三

时光荏苒岁华渐，逸致闲情胜景探。
满岭青松铺地绿，一池碧水映天蓝。
千寻尘世千姿展，百味人生百感谙。
更喜夕阳无限好，春花秋月韵心耽。

四

百味人生岁月匆，游怀骋目望征鸿。
金风送爽蝉声远，丹桂飘香花影重。
社会和谐谋福祉，国家强盛畅心胸。
乐山乐水欣吟咏，文苑诗坛留墨踪。

五

橘绿橙黄好个秋，金风明月畅登楼。
层林竞秀霞光灿，福体安康梦寐求。
苍狗白云随变幻，红尘紫陌任浮沤。
诗词歌赋琴棋画，遍赏山川雅趣留。

赵书成（甘肃）

恭和郑欣淼先生《七十咏怀》

一

人生一世似风旋，转眼姿容已蔼然。
学海深研书历史，吟坛精选写云烟。
纵观过往春秋序，细数收存大小年。
寿诞欣逢红叶俊，丹心永可结松缘！

二

立身天地稳如钟，坐看时流永秉公。
秋菊飘香姿洁傲，苍松透翠势豪雄。
辛勤劳作收丰果，艰苦耕耘映彩虹。
回首征程鸿迹在，为民报国刻心中！

三

情寄文坛日月渐，荡舟学海领珠探。
韵书广济超乎古，论著深研胜过蓝。
永远前行无息歇，精求细审更通谙。
欣看已往收丰果，展望明天更酷耽。

四

虽然行色总匆匆，定格瞬间存爪鸿。
美景人文情万种，故宫史册雾千重。
高原沃野广开眼，藏域思怀永荡胸。
紫禁城高问谁记，探研拍照更留踪。

五

菊花红叶醉金秋，松鹤飞来落酒楼。

高唱古稀真可慰，欣祈多产永探求。

文田泽润如肥土，人世浮沉似浪沤。

遥祝寿星身更健，著书立说史长留！

赵青云（湖北武汉）

恭和郑欣淼先生《七十咏怀》五首

一

匆匆岁月已飞旋，不问功名最坦然。

坎坷韶华培苑圃，安宁白鬓赏云烟。

雪原素裹八千里，古堡延伸六百年。

一路走来游子砺，冰城荆楚有因缘。

二

诗田勤种晚敲钟，结社邀朋再奉公。

磨砚频频书雅韵，飞笺累累展才雄。

知今鉴古能通史，珍夕争朝见彩虹。

孺子精神工部律，殷殷岁月正方中。

三

花甲芸窗悟曲渐，春犁绿浪把秋探。

初更望月情燃火，满目飞花天碧蓝。

影动清斋名著解，毫融瀚墨圣人谐。

遨游韵海无边际，意远情真兴正耽。

四

天南地角影匆匆，总向远方寻雁鸿。

北国风情情切切，南疆绿水水重重。

时时定格常开眼，久久凝眸频荡胸。

万壑千山堪记忆，丝绸古道觅行踪。

五

花黄桂郁正清秋，缓步流云登鹤楼。

儿女有为能自立，老人无虑欲何求？

人生祸福难推测，事上风波不泡沤。

碧水春花多养眼，铿锵玉律应长留。

十画

涂明星（湖北仙桃）

步韵郑欣淼先生《七十咏怀》

一

光阴荏苒迅如旋，离合悲欢亦怆然。

家父早亡难度日，萱堂多病少炊烟。

多亏大姐常提耳，才与胞兄过少年。

报与苍天知我意，来生姊妹续前缘。

注：我七岁时父亲去逝，母亲长期卧病靠大姐抚养我兄弟成人。

二

醒时警世耳边钟，撇捺人生写大公。

立地顶天真汉子，无私不畏是英雄。

身如铁塔眸驰电，手摘青云气贯虹。

刚直不阿何惧鬼？辱荣付与笑谈中。

三

岁月无情鬓雪渐，骚坛初涉欲深探。

师徒接力情如蜜，德艺攻关青胜蓝。

十载勤研门已入，五旬苦练味初谙。

匆匆半百光阴逝，老汉而今文字耽。

注：师徒接力句指我与师傅攻克插秧机与 105 柴油机的核心部件。十载勤研指我五十岁时用十年时间驾驭并与工友更新日本大型印染设备。

四

如梭日月总匆匆，曾记当年猎大鸿。

滥改荒湖鸿迹杳，力排涝旱水源重。

夜壶灯下人熬夜，烈日光前火烫胸。

激战农村成过往，沙湖沿岸有行踪。

五

人虽已老不横秋，且喜今朝步步楼。

女孝妻贤皆可慰，身强体壮复何求？

云舒云卷观风雨，潮往潮来看浪沤。

耋耄欣然勤命笔，书山韵海小勾留。

郭秋香（湖北武汉）

恭和郑欣淼先生《七十咏怀》

一

星河日月地球旋，华夏腾飞已卓然。
巨舰三千巡钓岛，雄关百二靖烽烟。
久违骨肉无须虑，一统神州可待年。
我辈小康非是梦，欣逢盛代有良缘。

二

虽是耆年也撞钟，不为私利却谋公。
三秋黄菊芳犹沁，一颗丹心老更雄。
状景抒怀唱词曲，生花纵笔画霓虹。
光华余热休难退，满志踌躇日正中。

三

丹桂黄花香正渐，诗词蜀道乐中探。
勤能补拙何言拙，青出于蓝还胜蓝。
盛世豪情殊未了，旧时风景已曾谙。
夕阳最美人生路，何必无为空自耽。

四

行云流水过匆匆，九月霜天飞雁鸿。
美酒诗词三百首，斜阳意绪几千重。
养成孙子教成器，伸起腰肢挺起胸。
大好河山由我走，白云深处也留踪。

五

一年佳日是春秋，放眼高歌鹳雀楼。
家国如今好圆梦，人生至此不苛求。
蛟龙腾跃舞云蔚，海燕高低卷浪沤。
气象万千看世界，诗仙大笔锦篇留。

郭星明（浙江）

恭和郑欣淼先生《七十咏怀》五首

一

三月春风紫燕旋，芬芳照眼最怡然。
京畿气象瞳瞳日，吴越云峰淡淡烟。
百万文军挥壮笔，古稀骚客忆华年。
今生有幸归麾下，迢递诗山结夙缘。

二

力敲大吕叩黄钟，重振骚坛赖郑公。
跃上三峰惊旷远，吟将一曲说浑雄。
腾蛟起凤韵摘藻，紫电青霜气贯虹。
李杜苏辛关马白，挥麾百万唱云中。

三

千秋文脉百流渐，冠上明珠细细探。
平仄轻敲山水乐，词章漫写海天蓝。

忘年交得老和少，对课炼成通与谐。
不枉人生诗裹腹，清风浩月好安耽。

四

有诗佐酒喜匆匆，相会高朋飞若鸿。
寄意南天云万朵，倾情北塞雪千重。
几回梦醒狷狂胆，一席酣浇块垒胸。
最是新声酬老友，春花秋月觅芳踪。

五

太湖云意正金秋，天外青天楼外楼。
壮美苍松向君看，清新风月凭谁求？
赋将高谊存千岁，笑把浮生付一沤。
欣赖郑公常指点，芬芳片片浙江留。

唐治云（广西桂林）

恭和郑欣淼先生《七十咏怀》

一

挥鞭魏武几回旋，对酒当歌气浩然。
道德文章滋桂雨，功名利禄过云烟。
艰难世事穷心力，淡泊人生乐晚年。
七秩匆匆方一醉，低吟浅唱结诗缘。

二

老境雕虫我独钟，金针喜助谢天公。
少年牛背初吟韵，冠岁王城每仰雄。
峰耸桂州凌广宇，桥飞漓水落长虹。
分襟半纪重相聚，手足亲情换盏中。

三

人生栈道傍渐渐，三峡洪流险敢探。
雪浪惊时撕岸裂，乌云散后见天蓝。
七仙下界栖霞美，九马腾空擂鼓谙。
莫问廉颇能饭否，许身报国寸心耽。

四

乌飞兔走急匆匆，漓水澄清映雁鸿。
晚霭浮山簪叠叠，秋蝉粘翼露重重。
行吟泽畔逍遥客，荡漾波光翰墨胸。
桂海碑林寻古迹，普陀寺里问禅踪。

五

重九登高赏晚秋，清风送爽望江楼。
芝兰玉树天伦乐，鹤寿松龄盛世求。
不忘初心还奋翼，自珍晚节莫污沤。
雕虫小技随身伴，流水高山琴韵留！

徐胜利（湖北鄂州）

恭和郑欣淼先生《七十咏怀》五首

一

功成名就已归旋，老骥霜蹄尚奋然。

每见京城花织锦，常思渭水柳含烟。

英雄自幼多奇志，烈士从来惜暮年。

不忘初心重抖擞，景山脚下续前缘。

二

自从听惯景阳钟，最爱文章太史公。

神武门南曾掌印，杏花坛上又称雄。

穷年杜甫心忧国，猛志刑天气贯虹。

回首人生多少事，全都写入小诗中。

三

古国中兴岁月渐，故宫显学任穷探。

回思倡始犹惊艳，喜见新星已胜蓝。

华夏风流人熟稔，京都文化我详谙。

不愁叶落黄昏近，为赋晚霞诗正耽。

四

人生何事不匆匆，幸有春泥证雪鸿。

紫禁城中宫殿叠，昆仑山上岫岚重。

风光遍地曾惊眼，豪气干云亦入胸。

两卷新书传后世，张张照片记游踪。

五

花凋叶落已深秋，读罢新诗月满楼。

身体健康无苦恼，家庭幸福有追求。

曾经世上狂风雨，淡看人间小浪沤。

莫叹平生犹有憾，清词丽句自长留。

徐新霞（湖北大冶）

恭和郑欣淼先生《七十咏怀》

一

绚丽人生奏凯旋，而今迈步兴怡然。

抒怀喜赋东方韵，放眼欣看西塞烟。

万里长江腾激浪，千秋古木历华年。

登临正是身刚健，协力同心结友缘。

二

古稀吟韵赛晨钟，老骥奋蹄怀郑公。

不畏辛劳兴骏业，常凭歌咏赞英雄。

寻芳惯结金兰友，追梦频牵玉宇虹。

引领千军扬国粹，诗山词海笑谈中。

三

五岳三山感化渐，畅游学海玉珠探。

频敲玉韵出新彩，复制金声研本蓝。

饱蘸羊毫情正切，平铺宣纸字深谙。
吟坛自古多才俊，滚滚诗潮永不耽！

四

涉足吟坛步履匆，敲词琢句寄飞鸿。
平平仄仄情千缕，岭岭峰峰景万重。
秀美山川开画本，峥嵘岁月豁心胸。
滔滔渭水诗生眼，老凤新雏追雅踪。

五

迈步征途壮晚秋，稀龄鹤舞上琼楼。
中华崛起愈高远，盛世升平更索求。
风雨兼程追美梦，江山永固笑浮沤。
甘将椽笔频敲韵，好让诗声万古留。

徐持庆（马来西亚）

次韵奉和郑欣淼诗丈《七十咏怀》五首

一

退职全身庆凯旋，沧桑遍历尚怡然。
遐龄七秩来如电，世态千般去似烟。
回首前尘思往日，优悠当下度余年。
于兹海角天涯路，草木关山尽结缘。

二

鲁迅专研性独钟，骚篇却爱杜陵公。

诗词会内欣称长，文化门前亦展雄。

今日花堪生彩笔，古稀貌尚灿霓虹。

玉壶此后冰心在，秋月春风江渚中。

注：花堪生彩笔：郑欣淼有十几本著述以及多本个人诗词集。

三

岂惧桑榆日已渐，故宫学尚喜穷探。

正如春日篁丛笋，犹似青天碧落蓝。

不望潜研沽滥誉，只求始创得全谙。

古稀此道仍求索，漫漫修兮苦自耽。

注：故宫学：郑欣淼是《故宫学》的创始人，提出故宫学已近十五年。

四

虽云飞掠影飘匆，霍摄长空列阵鸿。

河畔流波欣淼淼，宫中气象喜重重。

半生陕渭磨双足，七秩青京贯一胸。

万物瞬间驹过隙，相机在手便留踪。

五

年华七十届三秋，却喜光辉月满楼。

兰桂腾芳诚足羡，柏松强健再奚求？

清纯茶酒有浓淡，锦绣诗篇无泡沤。

夕照娇妍余采在，逍遥晚景漫淹留。

徐家勇（四川）

恭和郑欣淼先生《七十咏怀》五首

一

人生难得几回旋，珍惜光阴顺自然。
山水无涯知月色，文章有骨识云烟。
开心奋笔圆成梦，快意书怀懒记年。
大纛扛肩春永驻，神州内外结诗缘。

二

诗词于我独情钟，道德文章久仰公。
名利无心皆志士，经纶有胆是英雄。
春秋老道空留月，艺苑高人尽吐虹。
七十咏怀书浩气，青春还守夕阳中。

三

莫道衰来知已渐，几多美景尚能探。
风回竹岭花香远，雨过荷池点翠蓝。
明月青山心不愧，野泉白石路曾谙。
古稀葆得精神旺，骚雅门中乐自耽。

四

休说人生岁月匆，履痕四处有诗鸿。
风吹野树花千点，日照残云雾几重。

君子文章多笔骨，丈夫事业自心胸。

开心老矣身还健，往事萦怀忆旧踪。

五

放眼神州万里秋，诚心邀友兴登楼。

人生知已犹难得，山水文章自可求。

学问当知三界事，功名不信几浮沤。

老来惬意余辉洒，无悔今朝憾少留。

夏爱菊（湖北黄冈）

恭和郑欣淼先生《七十咏怀》

一

历程回首若风旋，付出辛勤收必然。

长在园田种花树，不教日子付云烟。

国圆梦想奔双百，人沐春风又一年。

盛世无忧足衣食，朝吟夕唱续诗缘。

二

三更灯火五更钟，读罢苏辛学杜公。

不羡豪门敬才干，从来贤杰识英雄。

静心何必长参佛，修性当然总见虹。

知足感恩多担责，困难解在笑谈中。

三

诗接高潮绮梦渐，吟园供我百花探。

清泉漱玉情尤挚，大地逢春天更蓝。

多少事情参怎透，存留美好不须谙。

易安今有千千个，作嫁缝衣未可耽。

四

不叹人生行路匆，长空丽日过飞鸿。

心中种下花千朵，韵里描成景万重。

书海无涯觅珠玉，时光有限阔心胸。

会当律己严修学，好向诗山留迹踪。

五

七秩生辰时未秋，吟花赏月最高楼。

弘扬古韵春长在，倡导新声法更求。

北海身临知海景，大江帆举见江沤。

为圆国梦不遗力，松柏青青名绩留。

陶　　陶（湖北武汉）

三十自述兼步韵中华诗词学会会长郑欣淼
《七十咏怀》

一

人生如梦几周旋，造化无常非偶然。

楚水悠悠伤往事，江城处处带寒烟。

风流文赋五千字，落魄形骸三十年。
莫道愁多心已老，北窗高卧且随缘。

二

夜阑坐听五更钟，拟把文章寄上公。
无奈半轮残月瘦，可知千里大江雄。
程门绕砌堆晴雪，紫府开扉驾彩虹。
岂信乌云堪蔽日，不教良士恋山中。

三

三十年来岁月渐，至今提笔赋幽探。
黄河浩荡波如带，青海苍茫水似蓝。
漂泊天涯皆遍历，炎凉世态尽深谙。
平生不作逐名客，唯有清风性所耽。

四

人生怎奈太匆匆，我似天涯万里鸿。
紫塞染红红叶落，黄山叠翠翠烟重。
寻禅问道身观世，吊古凭今泪湿胸。
留得雪泥存旧迹，但随时序去无踪。

五

蛇山碧落正三秋，江上回看黄鹤楼。
一叶扁舟空自叹，十年辛苦向谁求。
常怀雅志如流水，岂料浮生似幻沤。
寂寞红尘随意去，愿将绿鬓作诗留。

秦　凤（湖北咸宁）

和郑欣淼先生《七十咏怀》感怀五章

一

人情世事费周旋，就简删繁甚未然。
翻检前尘多况味，逢迎时下尽风烟。
近知天命催双鬓，还道情怀不少年。
若得林泉知我意，来兮归去两随缘。

二

襟怀起处奏黄钟，大道之行天下公。
旭日升空醒狮啸，隼鹰试翼少年雄。
峥嵘世路多劳力，浩荡罡风又贯虹。
取次丹心汗青照，我携诗意远征中。

三

看水看山次第渐，个中款曲复幽探。
岁华恬淡人如菊，绿发傲娇青出蓝。
世味如禅终不识，秋风入扇始能谙。
千寻云路千寻趣，物外烟霞任自耽。

四

何由急急又匆匆，一纸空笺付便鸿。
客路长天云澹澹，秋山落日影重重。
灵犀可解璇玑意，俗世焉平块垒胸。
但借三旬有心月，归来有约去留踪。

五

一岁欣荣一岁秋，乡关不见怯登楼。

寻常故里犹堪访，三五知交或可求。

勘破人生同逆旅，笑看名利等浮沤。

无关风月情痴事，始共春风定去留。

聂光富（湖北武汉）

敬和郑欣淼先生《七十咏怀》五首

一

七秩风云一转旋，终生奋发尽昭然。

壮怀西别帝城土，宏愿东燃国粹烟。

从政纵横三万里，论文上下五千年。

夕阳岂碍笃情在，山海同辉结故缘。

二

现代圣人情独钟，提精颂骨奏肤公。

抑扬佳作皆称美，姊妹名篇俱冠雄。

开泰长空飘彩带，生辉巨著闪霓虹。

是金总会发光亮，文胆赤诚凝血中。

注：毛泽东称鲁迅为现代圣人。肤公，意为大功，《诗经·小雅·六月》："薄伐玁狁，以奏肤公"。

三

文明华夏史深渐，紫禁秘宫尤待探。

银鬟担当分黑白，铁肩负重育青蓝。

鼓呼立学不知倦，倡导成规已熟谙。

为补缺漓情执着，初心未改入迷耽。

四

河山踏处兴匆匆，对镜聚焦留九鸿。

七彩乾坤收一瞬，八方乐土印千重。

尤怜青藏靓双眼，更录皇垣荡众胸。

双集永存珍妙品，迷来摄客复寻踪。

五

告归余热续春秋，诗苑领军登鹤楼。

繁茂骚坛同向往，贲华咏客共追求。

传承李杜扬豪气，继接苏辛出彩沤。

不负众期何事憾？唱吟数卷美轮留。

海洋之星

步韵郑欣淼先生《七十咏怀》五首

一

羁旅匆匆步似旋，韶华回首总怡然。

长安一览砧前月，青海曾经漠上烟。

橡笔深究金殿古，耕身已忘白头年。
多情亦作吟诗客，得句优于得好缘。

二

乱世谁敲警世钟，君推子美树人公。
一身老病忧寒士，千古文章称圣雄。
呐喊声高觉覆国，彷徨夜尽见初虹。
污流侧畔清流在，留取英魂青史中。

三

一处皇城岁月渐，六朝典故待君探。
倡学十五驹穿隙，揭秘三千青覆蓝。
梦里繁华何处尽，眸中胜景待时谙。
光阴易逝心难老，霞舞夕阳情未耽。

四

莫道春秋脚步匆，长焦亦可摄惊鸿。
高原雪岭驰千里，紫阙檐牙落几重。
浮世虚华都过眼，人间美景纳于胸。
恒河揽胜不辞远，留待他年忆旧踪。

五

四季怡人最属秋，逢君寿诞宴高楼。
红尘过客争无憾，绿蚁良朋复有求？
独得风情酬岁晚，焉教岁月付浮沤。
清心正将诗心蕴，信有三千国粹留。

梁 兵（湖北武汉）

恭和郑欣淼先生《七十咏怀》五首

一

朱日沙场奏凯旋，近平挥手气昂然。

巾帼凛凛抒宏志，铁甲巍巍扫雾烟。

沉睡雄狮悲往日，扬威重器喜鸡年。

骄鹰虎旅齐披挂，竟与钢枪特有缘。

二

钟山踏破响丧钟，撼倒三山赖舵公。

洒血抛头驱恶虎，迎风斗浪颂英雄。

京城赶考交答卷，九派飞歌绽彩虹。

觉醒龙人腰挺起，军民同喜在心中。

三

圣疆护守未觉渐，鬼魅贼眸昼夜探。

鏖战上甘钦士勇，戳穿纸虎现天蓝。

黑熊珍宝刀初断，喜玛神兵势已谙。

东海乌风牵鬼影，三军列阵岂能耽。

四

大野巡逻日影匆，山高岭峻伴征鸿。

爬冰卧雪艰难甚，踏漠披沙险阻重。

华夏欢声犹在耳，亲人托嘱记于胸。

虎门甲午明园恨，巡哨新兵记旧踪。

五

金陵血火记悲秋，勤铸军魂更上楼。

展翼苍鹰云里啸，杀敌弹孔靶中求。

巍巍航母轻击浪，凛凛精兵不是沤。

丝路新编追梦热，卫兵豪气九州留。

萧本义（湖北潜江）

步中华诗词学会会长郑欣淼先生《七十咏怀》

一

尘土功名一转旋，藩篱耕破自超然。

秋心合赏开心果，野菊未尝愁菊烟。

化育春鸠半犁雨，洗清文脉五千年。

扶藜杖陌思难断，共续今生未了缘。

二

山海翻经情独钟，有缘风雅未谙公。

君怀先范毕生表，余仰殿堂千古雄。

志趣欲投才不敏，锋芒怎得气如虹？

学声呐喊敲平仄，喉鲠徒留谈笑中。

三

文脉频将国脉渐，鸠魂长咏竹林探。

故宫庭苑翰如海，才俊诗囊青萃蓝。

桴鼓清音日无息，阛阓紫陌韵深谙。
随心漫道鬓花白，案牍芸窗梦枕耽。

四

莓苔深浅履痕匆，影掠中华泥爪鸿。
气象万千雪峰景，紫垣七秩殿堂重。
江山定格画图里，春脚聚焦波浪胸。
世界繁芬开视角，行经一路可追踪。

五

景山红叶正繁秋，北海清波倒映楼。
我爱范儿存相册，君怀家国复何求。
雾辉晴雪添寒意，激浊渭川除泡沤。
秉烛诗文眼前亮，风光却在慕中留。

萧本农（湖北阳新）

步韵郑欣淼诗伯《七十咏怀》五首

一

香潮带韵任飞旋，万里闻风起肃然。
鸟啭连珠声振玉，琴弹流水柳含烟。
读诗顿悟鲲鹏志，举酒遥期龟鹤年。
缃帙传来争唱和，大江南北结吟缘。

二

雅韵吟成待晓钟，才思旷逸羡欣公。
犹生虎气因情壮，敢貌鹰扬为胆雄。
砚海随心翻墨浪，吟鞭着意化霓虹。
诗追李杜臻佳境，流水高山入梦中。

三

授徒悟道似鸿渐，骊颔明珠着意探。
犹似春晖勤布德，欣看后学胜于蓝。
纶巾儒雅未曾识，辞彩风流已熟谙。
所欲从心挥健笔，穷经训典正宜耽。

四

挽日难留岁月匆，平生到处是泥鸿。
路途坎坷行无际，影集缤纷叠几重。
每上层楼舒望眼，犹凭海浪荡心胸。
云程万里添诗思，空谷闻声不见踪。

五

雁阵横空万里秋，倾杯祝嘏上琼楼。
腾芳兰桂当如愿，颐养天年是所求。
世味深尝唯抱朴，人生久历不浮沤。
奚囊检点犹珍惜，和璧隋珠好句留。

龚步智（陕西蓝田）

恭和郑欣淼先生《七十咏怀》五首

一

如歌岁月永飞旋，一步一层尚了然。

年幼寒窗观气象，身强火线斗风烟。

长河梦断秦楼月，骚海疏通汉赋年。

故纸许焚情却在，八荒六届系人缘。

二

霜天月落响晨钟，抖擞精神夙夜公。

说理措辞尊大雅，舞刀拔剑会豪雄。

东边日出西边雨，南显云飞北显虹。

析缕条分闻万遍，江山如画记心中。

三

时代更新景象渐，与时俱进向前探。

能擒纸虎江山稳，敢缚苍龙大海蓝。

龙虎尽除魔鬼去，蚊蝇稍祟镜光谐。

车轮坦荡康庄道，"双百"宏图无虑耽。

注：双百：系我党预定到建党百年和建国百年要达到的奋斗目标。

四

遥望征途步履匆，古稀未老更思鸿。

诗词组织路千百，曲赋新潮浪万重。

遍地随春花耀眼，满天流彩竹成胸。

金戈铁马同圆梦，大笔如椽记善踪。

五

人生价值谱金秋，春夏耕耘太白楼。

博大精深勤自砺，苦研细究废他求。

高瞻远瞩举旗帜，共济同舟铲浊沤。

国学传承风气盛，复兴华夏永恒留。

黄敬中（湖北大冶）

恭和郑欣淼先生《七十咏怀》

一

岁月如梭风转旋，静观世事总安然。

京城长耀秦时月，紫阙尤存帝子烟。

初度年华七十载，精通青史五千年。

移至衙门娱晚景，北海景山皆结缘。

注：郑会长在故宫清代稽查内务部御史衙门内办公，左景山，右北海。

二

忧民忧国自敲钟，效仿周公与杜公。

孺子甘为心惬意，贪官冷对气豪雄。

弱朝只可遭凌辱，盛世才能绘彩虹。

广厦万千寒士住，先贤不必惦心中。

三

涉足文坛何谓渐，寻珠翰海苦心探。

攻诗应鉴唐和宋，立志当求青胜蓝。

君子才华谁不敬？故宫学说我难谙。

余年不计力微薄，跋涉书山志正耽。

四

莫道先生行迹匆，相机足可拍飞鸿。

摄山摄水情千缕，成画成图景万重。

青藏风光尤饱眼，故宫缩影尽存胸。

成书两卷最堪忆，胜过常人觅佛踪。

五

丹桂飘香好个秋，金风送爽上层楼。

兴邦儿女家之幸，传世诗词人所求。

实干才能兴伟业，空谈势必酿浮沤。

吟旗高举辉天下，誉满神州风雅留。

黄发松（湖北潜江）

恭和郑欣淼先生《七十咏怀》五首

一

人生履历似螺旋，曲折穷通机使然。

有韵山河含脉络，无情岁月渺云烟。

欣逢盛世开新宇，乐饮清泉度晚年。
仰慕郑君多建树，尤亲传统结诗缘。

二

长期耳畔响洪钟，志士仁人总为公。
勤政为民称俊杰，著书立论显才雄。
不求名利迷青史，但愿山川映彩虹。
民富国强尧舜日，品茶把盏乐其中。

三

感叹人生行迹渐，有心求索细心探。
春荣古木葱葱绿，秋肃昆池蔚蔚蓝。
美景专留骚客赋，奇葩唯有智人谙。
年高恰是鼓吹手，面对夕阳思正耽。

四

星辰轮转日匆匆，各路人群印爪鸿。
朗朗乾坤情万种，花花世界景千重。
灯红酒绿迷人眼，雨细风和舒客胸。
最是相机听使唤，一声咔嚓永留踪。

五

清风明月值金秋，菊桂飘香香满楼。
富贵浮云有何恋，清贫淡泊任仙求。
人生似梦存遗憾，事业如磐少泡沤。
自古英才勤不辍，先生无愧美名留。

黄思素（广东遂溪）

恭和郑欣淼先生《七十咏怀》

一、笑对人生

人生一路几回旋，宦海沉浮顺自然。
珠宝金银身外物，功名利禄眼前烟。
吟诗作赋开怀笑，养性修身享鹤年。
眺望夕阳无限好，呼朋煮酒结诗缘。

二、十九大咏怀

习总强音敲警钟，初心不改尽为公。
铲除疾痼民心乐，合补金瓯国气雄。
大地飞歌传雅韵，长空放眼赏霓虹。
复兴伟业宏图展，圆梦前程锦绣中。

三、重阳登高

每届重阳日月渐，携情逐梦向山探。
开心笑脸眉舒灿，放眼飞云天映蓝。
世事经年方知浅，人生品味可深谙。
古稀漫步晴峰赏，秋色迷人思正耽。

四、展望

回眸岁月影匆匆，偶见长空过雁鸿。
眼底花开情万种，心中梦绕爱千重。
佳诗浪涌高吟世，往事潮翻任荡胸。
挽伴相依明月下，轻歌踏岸觅新踪。

五、知足

悠哉岁月步深秋，细品香茶聚酒楼。

美满家庭尤自足，小康生活欲何求。

每逢喜事常光顾，偶遇红尘不浸沤。

盘点今生无大憾，尽情歌唱赋诗留。

覃滋高（广西柳州）

答郑欣淼会长《七十咏怀》五首

一

丈夫入世五洲旋，放眼长空大自然。

掌舵轩辕驱坦道，扬帆樯橹破云烟。

量天不计何为仞，立地长欣日赛年。

雅趣牵情伊妹尔，悠游网络结吟缘。

二

铁板铜琶大吕钟，诗词豪放有毛公。

春风杨柳心头拂，北国风光笔下雄。

万里长征情似火，一桥飞架气如虹。

金声掷地传千古，小小环球指掌中。

三

中华文脉百流渐，动地长诗细细探。

意境绵长如海阔，辞章隽永似天蓝。

椽毫铁砚千秋颂，汉赋唐诗万众谙。

风雨如磐呈棘彩，临笺莫敢话延耽。

四

东去长江步履匆，蓝天浩宇看云鸿。

乘风不负鹞鹰种，展势长抒峻岭重。

踏顶千山骋怀抱，凌空万类壮心胸。

乾坤日夜巡无尽，有志儿男恋远踪。

五

吟坛硕果焕金秋，不忘孤灯亮小楼。

敢把诗旗当使命，诚将词韵曲中求。

人勤鸡唱迎春早，水暖鸭欢嬉水沤。

回首烟波十二渡，慰哉赋苑韵长留。

覃守宪（湖北长阳）

步韵郑欣淼先生《七十咏怀》五首

一

天行大道任回旋，势造英雄自古然。

渭水扬帆腾锦浪，雪峰破雾揽秦烟。

胸怀华夏千秋史，步履京都十数年。
欣看紫宫风貌在，归休捉笔认前缘。

二

三更明月五更钟，不改初心写大公。
情系黎民争筑梦，胸怀社稷敢称雄。
春风化雨凝青史，燃烛成吟焕彩虹。
杜鲁师承酬远志，奏功自在践行中。

三

理政修文岁月渐，浮沉史海任穷探。
故宫立学翻新意，雅士勤研胜靛蓝。
循典尘书存著述，纵情世事饱相谙。
漫天秋色斑斓景，更惜余霞共苦耽。

四

白驹过隙去何匆？万里江山正展鸿。
幽燕宫阙风韵古，缭云嵩岳峻峦重。
陟高逐梦参天界，泥雪留痕坦荡胸。
逝尽韶华回首看，清词游影旧行踪。

五

翠叶经霜壮素秋，欲穷千里更登楼。
欣逢盛世舆情慰，犹抱才华睿智求。
无悔青春多建树，老将誉毁付轻沤。
郑公高义人同仰，赚得和诗千古留。

曾凡汉（湖北武汉）

步韵郑欣淼先生《七十咏怀》

一

七十蹉跎任转旋，人生如梦梦如烟。
闻君鹏翅腾高远，愧我微翎处坦然。
逼仄途程浇雨露，沧桑岁月洗华年。
今生不改穷酸样，啸聚寒山也是缘。

二

不知大吕与黄钟，只爱田园鼓乐雄。
五柳扬枝招县令，千荷带露醉元公。
龙船古调吟新月，春社秧歌舞彩虹。
更喜门前山水秀，诗情画意搂怀中。

三

青丝总伴粉尘渐，蹈矩循规仔细探。
学子朝阳良有梦，蒙童展翅胜于蓝。
烛光泪尽纱帏冷，旧地烟销往事谙。
桃李荣华心自稳，斑斓秋色不须耽。

四

吟坛激浪步匆匆，组稿编刊见雪鸿。
百色调鲜云渺渺，千家解味路重重。

面惭不改忠贞志，无悔还须坦荡胸。
誓把华光萦国粹，蓬莱此去觅仙踪。

五

菊桂花繁好个秋，有闲雅聚醉江楼。
吟诗取意身边取，作赋求材陌上求。
曲水流觞评彩凤，迎风摆渡破浮沤。
稀龄始觉光阴少，且把金樽对月留。

曾再农（湖南常德）

步韵郑欣淼先生《七十咏怀》

一

一路高歌奏凯旋，晚霞余热乐悠然。
冰封碧水迎京月，雪压红梅凝渭烟。
书卷纵横情切切，云山迢递梦年年。
长城春色书中览，又上吟坛幸结缘。

二

河岳九州情独钟，仁风常播只因公。
衙门酒热豪情壮，华屋春深笔势雄。
几历劫波观秉性，七旬岁月贯长虹。
乾坤共仰诗千古，际会风云谈笑中。

三

几诠真谛岁虽渐，历史长河尤细探。
倡学故宫驱雾霭，欣看后俊比青蓝。
洪荒远溯风光摄，翰墨欣涂韵味谙。
云路八千无怨悔，松涛阵阵景犹耽。

四

三生历劫步犹匆，精彩瞬间看雪鸿。
莽莽昆仑情万种，茫茫雪域影千重。
珠峰拱首迎宾客，皓月当空展臆胸。
故垒寻来人影倩，连天低草觅禅踪。

五

兰馨桂馥看金秋，百尺竿头再上楼。
有意言传欣有乐，无声身教欲无求。
丹枫尽显英雄色，翠柏何能浊水沤？
一脉心思弘雅韵，深怀遣得锦章留。

鲁久光（美国）

步韵郑欣淼先生《七十咏怀》八秩感怀

一

一生劳碌绕身旋，受命京城当自然。
从事科研捐碧血，践行心愿踏青烟。

艰辛实验经千日，硕果结成须数年。

回首寸功膏乳哺，穷门还谢拜师缘。

注：本人从事科研工作近30年，科研项目由中央部委下达。

二

锋芒不露自敲钟，有幸人评谋事公。

报国九州多俊杰，齐家吾辈亦英雄。

视书如命茶陪伴，敬母若神天画虹。

低调轻身风雅学，争芳吐艳自心中。

三

翰墨萦怀故国渐，学唐仿宋玉珠探。

孤窗望月生灵感，陋室谋篇欲出蓝。

诗圣忧民提笔范，谪仙豪气令心谙。

天涯老骥肝肠奉，仰望尧天激荡耽。

注：本人现客居美国，学写诗词弘扬国粹。

四

人生八秩感匆匆，雨露清风伴远鸿。

沧海惊涛汹涌涌，他乡暗日掩重重。

真知世事须观察，神话天堂己堵胸。

冷眼还看三十载，梦圆之日傲行踪。

五

衰年洒血写春秋，最是怀乡黄鹤楼。

翘首蓝天光四射，听音故土富何求？

山河重整桃源造，醇酒丰藏粮米沤。
只道心明寰宇事，无忧身后憾遗留。

程菊仙（湖北黄冈）

步韵郑欣淼先生《七十咏怀》五首

一

诗花入梦几回旋，向往清新尚自然。
心系陶潜三径菊，神迷屈子一汀烟。
抒怀有感忧和乐，逸兴能歌月及年。
盛世人讴金缕曲，论坛无界结吟缘。

二

心仪国粹独情钟，赏读谪仙怀杜公。
弃疾功夫曾缚虎，东坡词赋总称雄。
眼前大地开新景，雨后长天架彩虹。
留得盛唐清韵在，时翻妙句入诗中。

三

归鸿万里水云渐，玄菟之人月下探。
阆苑支支清似雪，簧门代代胜于蓝。
经年眷恋相思引，几度萦怀别绪谙。
忧国放翁诗卷在，漫将贤哲韵重耽。

四

白云觅趣步匆匆，一片痴情化作鸿。

俯瞰河山诗灿灿，迢遥丝路韵重重。

荷衣兰佩邻幽竹，宋律唐音入浩胸。

月映芸窗思艾草，常从书里会贤踪。

五

诗吟四季喜春秋，赤壁长存二赋楼。

苏子泛舟心有得，雪堂漫笔世难求。

灵犀荟萃骚坛灿，造诣宏猷汉水沤。

明月抒怀歌淡泊，清风两袖韵长留。

程良全（湖北大冶）

步韵郑欣淼先生《七十咏怀》

一

生涯璀璨丽光旋，不朽词章法自然。

坐镇京华观世界，胸怀黎庶察云烟。

挑灯研典三千部，泼墨挥毫数十年。

老骥雄风犹未减，吟坛万众结诗缘。

二

疾书伏案响晨钟，着意求真惯秉公。

为国为民抒壮志，反贪反腐赞豪雄。

丹心映日留青史，浩气凌云贯彩虹。
直面人生尤可贵，精词妙句见诗中。

三

一代名师砚墨渐，独开蹊径宝珠探。
筹谋划策殿生彩，启后承先青胜蓝。
育李培桃心血耗，谈经论典古今谙。
故宫创学谁能敌，更领诗坛酌句耽。

四

时光荏苒总匆匆，笃志芸窗听晓鸿。
敬业人前诚惘惘，著书灯下影重重。
才华出众文章伯，品性超群锦绣胸。
坦荡襟怀昭日月，一身正气伴行踪。

五

丰收季节是金秋，把酒临风乐满楼。
桂馥兰芳诚可慰，国强民富正追求。
物流滚滚通寰宇，墨浪滔滔扫浊沤。
硕果累累君意爽，华章页页世间留。

程永生（安徽）

步韵郑欣淼先生《七十咏怀》

一

古稀华诞韵飞旋，有幸和诗非偶然。
步起澄城京镐地，心萦博物故宫烟。

荣升议政攻文史，身退书斋养百年。
北海游舟歌几许，景山松柏话情缘。

二

诗词曲赋自鸣钟，治卷修身睿智公。
国运沉衰思改变，山河沦丧盼英雄。
性情耿介风雷雨，笔墨刚强日月虹。
俯首穷经书鲁迅，交流对话认同中。

三

书府文渊日日渐，英才龙颔险珠探。
故宫宝藏祖母绿，博院珍奇景泰蓝。
古籍洞明千学显，菩提初识万民谙。
光阴染得须髯白，兴正浓时趣正耽。

四

诗书万卷目匆匆，步履神州赏雁鸿。
壮丽秦川风采厚，温柔洱海水波重。
千年佛殿迷花眼，百载红枫阔鏊胸。
闪镜存留游历史，精编影册记行踪。

五

初冬日暖胜深秋，华诞杯盘酒宴楼。
精术齐家诚可慰，良方健体实难求。
三军呼啸迎风雨，一将奔波拒腐沤。
七十人生宜总结，诗书充栋后昆留。

程良宝（陕西）

恭和郑欣淼先生《七十咏怀》

一

春秋走过路如旋，阅遍人生自坦然。

椽笔一杆书胆魄，清风两袖化云烟。

但求韵展九州梦，不意名标百岁年。

华夏吟坛公掌舵，心中永续是诗缘。

二

君诗读罢响洪钟，问路人生仰郑公。

七十春秋心不老，三千词赋韵犹雄。

雅风漫展思如电，亮节高擎气若虹。

为我神州扬国粹，吟旗高举进行中。

三

七十春秋百味渐，人生境界更须探。

审心总要分红黑，行事犹求辨绿蓝。

水色山声随意度，诗风词月尽情谙。

古稀莫叹夕阳下，老韵新香正可耽。

四

乌纱不戴兴匆匆，留得闲心寄远鸿。

问韵抒情情切切，挥毫着意意重重。

诗词曲赋堪开眼，书画琴棋可豁胸。

时代吟帆高挂起，唐音唱响更追踪。

五

叶经霜染醉红秋，寿酒倾杯韵满楼。

有道襟怀实堪道，无求境界最难求。

身临峰顶经风雨，船到江心破浪沤。

浅唱低吟何憾事，诗情当寄更当留。

谢守春（湖北潜江）

步韵郑欣淼先生《七十咏怀》

一

七秩征衣舞凯旋，举杯命笔正欣然。

挥毫漫咏故宫月，泼墨精描渭水烟。

一片丹心嵌国宝，满腔碧血润遐年。

雄文厚影辛劳载，无愧人生处处缘。

二

华章几卷奏黄钟，字句留芳承二公。

鲁迅排忧闻呐喊，杜公遣兴数豪雄。

身移幽径烹泉水，心有灵犀贯日虹。

识得故宫风雨路，人生价值不言中。

三

筑梦如期晓曙渐，吟旌起舞骊珠探。

万千劲旅诗融画，三十芳龄青胜蓝。

岂负先贤呼与鼓，宜将夙愿慰相谙。

一门学问终能补，要让世人陶醉耽。

四

如诗岁月履痕匆，影像生辉印雪鸿。

情系高原情万种，影留圣地影千重。

修身立德堪回首，敬业守诚凭荡胸。

史料求真人景仰，苍天不负谪仙踪。

五

兰馨桂馥乐金秋，把酒凌空福寿楼。

紫殿云烟方可钓，红尘名利决无求。

文章世仰吟玉振，功德谁容任水沤？

尤喜寿星心脑健，挥戈挽日好诗留。

舒铁军（广西南宁）

恭和郑欣淼先生《七十咏怀》

一

如常世事岂周旋，费尽心神亦枉然。

诚意待人如日月，虚情处事则云烟。

昆仑无愧峙千仞，岱岳何忧立万年。
宋柏唐松今古韵，婵娟千里结诗缘。

二

夕阳最美晚霞钟，步韵甜师与淼公。
猎猎秋风欣硕果，杯杯美酒敬英雄。
高研同学和吟醉，浅学今吾难贯虹。
为表诗情何惧丑，慕其真美见诗中。

三

一脉相承岁月渐，诗坛词海古今探。
书山有路勤为径，学海无边青胜蓝。
岁月芬芳珍早惜，文辞韵雅律初谙。
仙翁何叹古稀日，文采风华心不耽。

四

人生七秩步匆匆，秋月春花踏雪鸿。
儿女亲人情切切，窗侪同事影重重。
广西老大拾清梦，艺苑诗坛荡浊胸。
少小萦怀家国远，天年怡养觅仙踪。

五

露湿黄花正晚秋，重阳聚首望江楼。
儿孙自有儿孙福，妪叟岂无妪叟求。
快乐健康诚可贵，忧愁病疼视为沤。
红尘往事多看淡，动产现金全不留。

智体富（江苏盐城）

步韵郑钦淼先生《七十咏怀》

一

人生七十论归旋，重任双肩志毅然。

倡学故宫探瀚海，研寻古籍拂尘烟。

跋山不惧三千座，击水何妨二百年。

老马嘶风情未了，诗坛幸遇好机缘。

二

名篇两卷唱黄钟，春望秋兴读杜公。

子美应夸经国手，树人还赞出群雄。

五车腹笥头飞雪，七步文才气贯虹。

莫道夕阳无限好，先生如日正天中。

三

万木全凭雨露渐，得珠须向五洋探。

莫愁鬓发吹先白，应喜云天扫后蓝。

日丽风和腰脚健，车轻驾熟路途谙。

古稀休把衰翁许，博院诗坛足可耽。

四

东流岁月苦匆匆，不似云天有信鸿。

点点爪痕情切切，丝丝白发意重重。

凤毛堪比经纶手，艾草难称翰墨胸。

口是丰碑言是传，人生一步一留踪。

五

拼将碧血写春秋，远望还登百丈楼。

妙境眼中随意取，功名身外腻心求。

高天广宇浮云海，长棹轻帆击浪沤。

著作等身来者颂，千年青史有名留。

董桂英（湖北武汉）

恭和郑欣淼先生《七十咏怀》五首
游新马泰

一

归鸿伴我太空旋，万里翱翔自幸然。

夜半巡天晴觅月，机前观雨口嘘烟。

牛车载客浑临古，象脚摩腰已忘年。

更有老顽钻水底，珊瑚轻吻海中缘。

二

波涛扬起若洪钟，欲渡无舟问寓公。

琼岛远观仙景汇，海鸥高焘俏翎雄。

乱云飞袅藏新雨，旭日腾升现彩虹。

驴友欢呼导游乐，珊瑚娇美漾心中。

三

铃声催醒曙光渐，美港神湾翘首探。
水里随心翻浪碧，滩头得意赏天蓝。
眠沙互拥多亲切，泳海相偕更显谐。
时尚风流临海岛，真情蜜意令人耽。

四

游人跨步急匆匆，小艇飘然轻似鸿。
碧海银鸥山几座，白沙彩贝树千重。
阳光入浴舒心骨，水色潜游壮胆胸。
到此才知风物好，忧愁烦恼早无踪。

五

南来领略北方秋，斯岛凝眉望海楼。
帆影天空两相映，情歌渔曲一齐求。
寰球兴盛期长久，个体声名应小沤。
丝路绵延千万里，凉温同此梦萦留。

董华荣（湖北武汉）

次韵郑欣淼先生《七十咏怀》

一

不必劳神费斡旋，赋闲归隐尽安然。
乡愁情愫萦怀梦，世事浮华过眼烟。

浊酒清茶邀挚友，敲诗拾韵享余年。
老来潇洒且潇洒，一切随缘方结缘。

二

平仄结缘情独钟，吟诗亦得学愚公。
字斟句酌朝连夕，局布篇谋雅配雄。
水尽山穷无绝路，花明柳暗见霓虹。
功夫无负痴心叟，不亦乐乎甘苦中。

三

日已偏西岁月渐，人生初悟理初探。
知音一世恩和爱，结伴终生红与蓝。
问道问禅方广识，可伸可屈自深谙。
良缘天赐同相守，夕夕朝朝共乐耽。

四

光阴似箭太匆匆，平仄韵中留雪鸿。
忆旧童痴吟万遍，销魂乡恋寄千重。
保存墨迹堪萦梦，流露心扉可坦胸。
无事老来图一乐，砚田方寸蕴行踪。

五

虽已稀龄近晚秋，身轻腿健可登楼。
吟诗作赋有期盼，寡欲清心无企求。
翠竹石山经久旱，玉莲池水笑浮沤。
人生一世皆如是，示与子孙风范留。

傅东渔（北京）

步韵中华诗词学会会长郑欣淼老《七十咏怀》

一

人生苦短似蓬旋，贫富穷通岂偶然。
释氏因缘下花种，老庄炉鼎起云烟。
闲观斗柄三千劫，细探沧桑亿万年。
从矩随心真自在，郑公定有海山缘。

二

风骚正体奏黄钟，鲁骂杜悲评论公。
俯首行吟匹诗圣，横眉笑怒亦英雄。
少陵自有连城璧，野草甘为贯日虹。
平仄阴阳师造化，先天率性寄词中。

三

炎黄文脉俗风渐，隐隐诸峰不厌探。
信道无锋齐岱岳，白云出岫胜天蓝。
勾心斗角宫城擅，配伍调羹台阁谙。
老骥图南志千里，天涯望断乐思耽。

四

人难百岁白驹匆，境去不留如雪鸿。
白日放歌须酒老，春风绿岸恨山重。
千秋故事旋宫掌，万里江山落坦胸。
湖上数峰青似黛，子陵垂钓觅无踪。

五

又迎腊八几春秋，鹅雪纷纷落小楼。

戌狗猎狼差可慰，酉鸡化鹤复何求。

白云起处浮高厦，气数尽头看泡沤。

出入市廛人不识，花间壶酒把诗留。

蒋月华（湖北武汉）

全尾字步韵郑欣淼会长《七十咏怀》

一

流光一闪似螺旋，冬月秋花亦坦然。

纵目群岚凝日月，游心碧海傲云烟。

冰峰仰止三千仞，椽笔耕耘五十年。

无悔青春情尚在，老来再续绮诗缘。

二

箴言犹似庙堂钟，俯首横眉效鲁公。

子美诗章多顿挫，先生著述见浑雄。

炬光已有燃犀烛，雾雨终归见彩虹。

夜伴清茶敲雅韵，襟怀自在不言中。

三

千古文心一脉渐，天教使命入渊探。

故宫精粹融于海，才彦新生应胜蓝。

数载吟鞭总难歇，几多世况未曾谙。
鬓衰不计流年日，云淡风清思正耽。

四

亲山乐水兴匆匆，焦距微调摄旅鸿。
一醉冰峰情万种，重看云海浪千重。
登高只为开心眼，眺远方知荡客胸。
游遍神州随手记，编排入册载行踪。

五

橙黄菊秀正当秋，硕果压枝香绕楼。
树木成林犹可慰，儿孙立志复何求。
常观尘世知风雨，只道人生逐浪沤。
盘点心中些许憾，蚕丝未尽莫停留。

窦争光（陕西）

恭和郑欣淼先生《七十咏怀》

一

鹤舞晴虚百转旋，仙姿摇曳自潇然。
渭川脱颖青云客，涿郡敷朝紫阁烟。
长眺丹霄三万里，遥聆赤县五千年。
只今已过悬车岁，更与衙门结夙缘。

二

应怜耳顺始闻钟，款步吴山谒郑公。
曲士元无千里志，鸿儒只合万人雄。
才看烈炬犀燃渚，顿觉名卿气贯虹。
何日更邀金谷客，与君共话玉堂中。

三

琅嬛福地任君渐，入主禁城龙颔探。
上苑飞红岚影翠，凤池纳锦水波蓝。
夜观八字珠玑吐，日上九丘经史谙。
漫道明公今杖国，秋霜也怕为情耽。

四

东门祖帐去何匆，四海为家留雪鸿。
北国崇山银粟满，南州弱水碧云重。
先生日晒经纶腹，后学心倾锦绣胸。
淮左睽违三载后，几回梦里觅君踪。

五

阅尽人间万象秋，颐身岂在十三楼。
少君怀德诚可慰，老骥嘶风何所求。
唐日从来轻隐士，鹄年不肯叹浮沤。
吟眸却看名山麓，粒粒琼玑千古留。

鄢良斌（湖北武汉）

恭和郑欣淼先生《七十咏怀》
黉门学艺（新声韵）

一

宋韵唐风满脑旋，黉门学艺态悠然。

春风杨柳红铺地，艳日桃腮碧绕烟。

往昔挥戈亲哨卡，今朝浣韵度流年。

退休岁月千般趣，且与诗书最有缘。

二

年轮转过数时钟，榜样于胸敬杜公。

秋兴八章诗似酒，人生一世笔称雄。

长歌短调抒心志，小令竹枝绽彩虹。

邀月临窗常入梦，悠悠意境绣笺中。

三

诗无止境岁时渐，到老尤须仔细探。

美韵千行心里映，银河万里宇天蓝。

心萦百姓同忧乐，回首一生世味谙。

纵有乌台路坎坷，骚园学步岂能耽。

四

习艺学堂脚步匆，寒追暑撵似征鸿。

巡边护土全心赴，攀岭采风千险重。

碧草芳花栽满圃，灞桥冷雪记于胸。

学诗操练须勤奋，暮暮朝朝觅古踪。

五

宜将浩志写春秋，诗品求精更上楼。

不愿春光闲逝去，且钦美韵练中求。

笺呈意境欣宜雅，湖漾清波又见沤。

追梦潮中张志气，豪歌傲骨韵中留。

甄艳芳（河北）

丁酉深秋，中华诗词学会三十一届研讨会在磁州召开。幸识郑公欣森先生，同先生共游天子冢、兰陵王墓、邺城三台遗址及邺城博物馆。一路聆其语，受教颇多。不日收先生《七十咏怀》五首，雪落才疏，尝步先生韵，记当日事，表寸心丹，博先生一哂。

一

公临古赵几盘旋，一路聆诗心悦然。

得沐春风闻大道，听由夕照没长烟。

登台铜雀秋初度，落笔宓妃魂有年。

此处当时多少事，皆随邺水入尘缘。

注：丁酉秋日与郑会长同游邺城三台遗址。

二

磁州盛会振黄钟，瓦釜承蒙识郑公。

天子冢边哀泮水，兰陵墓畔叹才雄。

难添当世半抔土，且怅前朝一抹虹。

问罢先生终解惑，秋风又入此门中。

注：随郑会长谒天子冢、兰陵王墓。

三

旧日弦歌付水渐，建安风骨怎勾探？

诗存铁胆论兴废，馆有铜驼辨绿蓝。

多少风流皆不再，古今学问未曾谙。

先生讲罢碑中事，我愧蹉跎乐且耽。

注：随郑会长游邺城博物馆，听其讲三国旧事。

四

流光无计挽匆匆，欲托先生寄便鸿。

已识阿多词几阕，未成华宴梦千重。

盟鸥缘浅终随雪，锦字情深犹在胸。

一片湖山期积久，偶凭微信问芳踪。

注：行车途中，郑会长问及我与多多姐的趣事，有感而赋。

五

云天辽阔正三秋，四海盛筵嵩景楼。

所望诸公均有赋，承恩几句怕难求。

机缘有幸恭懿范，才学终惭追浪沤。

一别磁州何日见，且将教诲作裁留。

注：磁州盛会作别郑会长有赋。

海山缘——郑欣淼《七十咏怀》赓和集

熊政春（湖北武汉）

步韵郑欣淼先生《七十咏怀》

一

拿云励志大风旋，步入仕途纯偶然。
挥汗殚精磨岁月，走村串户共墟烟。
三畴施治清风袖，六秩解鞍斜照年。
跄踉风尘情俱在，诗朋词友恁随缘。

二

雕虫琢句伴晨钟，积气搜精拜圣公。
缃帙常开作词赋，时闻细品见雌雄。
流年正入新时代，玉树又添霞彩虹。
拨雾撩云歌盛世，穷心泼墨瑞图中。

三

回首窗前汗血惭，思牵笔舞用心探。
未穷心境难佳句，不到海涯何蔚蓝？
古韵新风常品味，民心事蒂要深谙。
融金夕照不辞晚，弱笔衰颜思可耽。

四

人生一幕也匆匆，似是飞还踏雪鸿。
世故涵情情孰继？鹏程有味味难重。
旧屏历历堪开眼，往忆悠悠可荡胸。
随柳苏堤成故事，推窗犹现昔时踪。

五

先生雅韵值金秋，细品来兹亦上楼。

椽笔大家香玉满，潘颜钟态俚歌求。

兴华扬粹承时任，扶正抑邪不浊沤。

盛世馨风催李杜，吟云唱鹤好诗留。

熊衍璋（湖北京山）

步韵郑欣淼先生《七十咏怀》

一

跃上葱茏七百旋，风光旖旎自天然。

青云难附借青鸟，紫气东来生紫烟。

恨昔虽无江海志，喜今却有太平年。

鲜蔬浊酒草根族，怎与先生攀凤缘？

二

韶华转眼已龙钟，未盼今生十八公。

但有痴情皆好汉，更无媚骨也英雄。

扁舟击水波飞玉，秃管犁春气吐虹。

名利早飞三界外，诗思一缕入云中。

注：十八公谓松也。吴丁固为尚书时，梦松树生其腹上，谓人曰"松之字为十八公，后十八岁，吾其公乎？"

三

置身麾下以仁渐，德艺双修任检探。

曾恋青山青似黛，又贪绿水绿如蓝。

归舟唱晚晴方好，拥笔抒怀韵正谙。

前世今生都不计，只求当下乐耽耽。

四

育李培桃步履匆，谋于粱稻似飞鸿。

遗他学识两三点，费我心思一万重。

蹩脚驽骀终伏枥，盈门高足可罗胸。

邯郸路上浑如梦，岁月蹉跎愧影踪。

五

人生四季正逢秋，乘兴且登忧乐楼。

万里红尘双爪印，三千弱水一瓢求。

闲吟陋室歌尧舜，信步芳汀盟鹭沤。

暂约今宵明月里，东篱把酒共淹留。

谭顺统（四川）

次韵郑欣淼先生《七十咏怀》五首

一

山高万仞路盘旋，跻彼巅峰目豁然。

翰墨能存千古月，功名浑似一窗烟。

从来气躁如秋草，自是心清得鹤年。
了却公门繁琐事，林泉鸥鹭最投缘。

二

噌吰大野是黄钟，论罢周公吟杜公。
心系苍生频呐喊，情牵国事自豪雄。
好花常借三春雨，妙笔能描七彩虹。
颙望山青天渺渺，翛然鹤翥庆云中。

三

江河澎湃各东渐，华夏文明着意探。
勘破红尘星月白，拨开迷雾水天蓝。
饶知世事多难省，不屑人情总未谙。
捉尔斑斓点睛笔，每因丽句总深耽。

四

休嗟羲驾总匆匆，惯看秋旻南翥鸿。
瀚海苍茫三万里，关山迢递八千重。
身姿猥琐方驼背，步态昂扬自挺胸。
莫笑卑微黄菊瘦，天涯何处少芳踪？

五

为今七十恰初秋，抟得光明储一楼。
花草夭姿常品读，山川美景细搜求。
行听白鸟歌堤杪，坐看红鱼吐水沤。
漫道青葱已难再，人生精彩句中留。

海山缘
——郑欣淼《七十咏怀》赓和集

廖正荣（甘肃陇南）

步韵郑欣淼先生《七十咏怀》五首

一、高风亮节

韶华七秩若波旋，梅品而今始自然。
亮节高风明似月，清心寡欲淡如烟。
崇唐崇宋崇千古，吟水吟山吟晚年。
无悔人生平与仄，诚然应喜结诗缘。

二、聆听教诲

语音清脆响如钟，洗耳聆听谒郑公。
一席诗论人仰敬，三番教诲见心雄。
醉风拂面春潮急，朗日中天架彩虹。
屡映雪泥成雅颂，始将鸿愿赋文中。

三、杂咏

莫道文渊岁月渐，群雄慧眼把珠探。
簧门学海深于海，诗苑天蓝心亦蓝。
三万诗朋呼与鼓，九千吟友韵初谙。
关山呈黛真如铁，无限风光正乐耽。

四、抒怀

春风秋月去匆匆，着力隆冬著雪鸿。
竹露润心心自醉，梅魂写意意千重。
放开望眼松涛动，立久寻思坦荡胸。
网尽人间忧乐事，何曾过海觅仙踪。

五、贺郑老七十华诞

先生华诞正清秋，气朗天晴好上楼。

纵览昆仑心自慰，屡行阡陌欲何求。

名垂青史如鸿鹏，情寄吟坛怎泡沤。

今越古稀无甚憾，千番感慨好诗留。

蔡君山（湖南）

奉和郑欣淼先生《七十咏怀》五首

一

河川四势气如旋，秦耀魁星是必然。

学富五车书日月，才高八斗纪云烟。

少薰古酿关中日，壮饮新泉改革年。

理政御文身守玉，廉风亮节衍真缘。

二

是非曲直耳鸣钟，磊落光明仰圣公。

心系春秋牵冷暖，志研今古析豪雄。

柔情怜子慈怀爱，怒目憎邪恨贯虹。

甘为孺牛吟雅韵，君宣懿德践行中。

三

独步奇峰妙处渐，众骊折服颔中探。

故宫究学书宏著，伯乐培才望胜蓝。

沥血呕心丰四库，殚精竭虑见初谙。
古稀益壮何言老，正入重春不必耽。

四

红尘万象往来匆，剑胆琴心截迹鸿。
雪域高天天净净，红墙幽史史重重。
瞬间巧捕長留记，即刻珍藏久慰胸。
诗意人生无可悔，菩提树下见芳综。

五

阳柔月朗九和秋，绕膝儿孙孝锦楼。
凤咏龙吟皆可喜，妇贤夫达再无求。
君生明世迎潮涌，国向宏途脱险沤。
铁骨铮铮何所憾，理文从政尽诗留。

颜　静（湖南祁阳）

奉和郑欣淼先生《七十咏怀》五首

一

蟪蜉寓世苦周旋，当路迷行事惘然。
幼齿迎眸田野雾，壮心鼓腹府衙烟。
执炊灶冷望开月，失寝灯残怕问年。
空叹驹光强欲挽，林泉不慰鬓霜缘。

二

圣时鸿化万声钟，涉世心关天下公。
学步殷殷追旷士，举头切切效豪雄。
云封楚水三竿日，雾锁衡山五色虹。
人事苍茫回首望，悄然泪落酒杯中。

三

东篱影乱瘴云渐，菊老西风向晚探。
不望枫枝熏佩紫，何期柳叶映袍蓝。
梦间意念而今已，雾里功名于此谙。
唤取残阳闲谱韵，巴歌唱晚月同耽。

四

万千尘事影匆匆，北往南来何处鸿。
云步虚空风款款，梦追蜃景锁重重。
一丁字码嶒峻骨，半卷书开磈磊胸。
陌巷平生天解否，漏残冷月验行踪。

五

岁转阴晴镜里秋，堪怜望断最高楼。
为人是必公私顾，处世何须机巧求。
名利三千成逝水，兴亡一串化浮沤。
兰台覆检垂青史，唯有清风万古留。

颜永芳（湖北洪湖）

次韵郑欣淼会长《七十咏怀》五首

一

望远奇才睹凯旋，博经世泽气超然。

搏风万里披星月，展翅千寻扫雾烟。

北闯南奔多少地，秋来春往卅余年。

读诗如坐春风里，结得斯文一笑缘。

注：博经：郑氏堂号之一。

二

华夏故宫心所钟，国家事业慎从公。

五千岁月胸怀壮，亿万图书世界雄。

秋实春华徇木铎，天荒地老赫长虹。

运筹千里京畿院，双誉归来入府中。

注：双誉：指才华与品德。

三

神州国粹永滋渐，引领诗坛一共探。

颂党颂军歌富庶，乐山乐水咏天蓝。

潜心笃志愚惭愧，博学多闻君练谙。

朝气蓬勃兴未艾，中华文化正宜耽。

四

书法诗词岂遽匆，《雪泥》巨著《陟高》鸿。

诗书济世藏双宝，赞誉蜚声起九重。

读罢华章真饱眼，赏玩翰墨果舒胸。

今生有幸逢淼老，免得来生空望踪。

注：双宝：指诗集与书法作品。

五

庆贺古稀初度秋，华堂结彩靓琼楼。

问安书阁差颔点，欲赏桃源何处求。

理序天伦钦乐事，情随踪迹逐浮沤。

欣然介寿九如颂，福寿康宁永驻留。

颜永波（湖北洪湖）

奉和郑欣淼先生《七十咏怀》五首

一

忙忙碌碌晚归旋，倘有闲吟亦畅然。

长忆泛杯西凤酒，细思萦梦楚城烟。

凭栏放眼星空月，推盏倾心花甲年。

挚友交酬词引路，重阳聚会结诗缘。

二

遣词逸兴有情钟，偏爱临摹效柳公。

翰墨萦怀当酒酌，文泉试浪戏波雄。

怡然自得观春色，快乐逍遥现彩虹。

莫道晚年无所事，慧心造化在其中。

三

屈指光阴六十渐，情怀一片古诗探。

砚池何惜墨如水，文苑尤欣青胜蓝。

绮梦不堪千里去，鹤心自与九天谐。

书田休道无回报，始信人生有乐耽。

四

人在穹庐步履匆，九乡溶洞赏波鸿。

缆车似鹤飞三岭，雾障如棉锁万重。

顿觉山岚连阔海，遥看景色醉心胸。

更期常做云南客，写尽风光留笔踪。

五

明媚风光好个秋，重阳联谊海天楼。

敢拼只为新容展，奋发皆因知识求。

世事无期休道晚，人生有幸不浮沤。

诗朋聚会情深近，磊落堪将雅韵留。

燕烈芳（湖北武汉）

奉和郑欣淼先生《七十咏怀》五首

一

人生晃若七音旋，跌宕升腾顺自然。

曾奏南疆英勇曲，又弹中土紫云烟。

胸怀国际驰多载，手执教鞭咏数年。
荣辱贬褒皆已去，夕阳将至应随缘。

二

当年气盛语如钟，充满豪情只有公。
指点江山摹好汉，激扬文字效英雄。
事商事教添诗韵，为国为民绘彩虹。
弹指之间云散尽，今生无悔乐其中。

三

庭院落花秋色渐，抚今追昔转身探。
青年求学学如海，老大育人人胜蓝。
作赋吟诗知己赏，编书立说后生谙。
纵然当下鬓毛白，还效廉颇为国耽。

四

早年公务去来匆，跨海漂洋飞八鸿。
晨在东京观日出，晚临美国看灯重。
古巴清秀怡人眼，香港繁华拓客胸。
连轴洽谈虽觉累，功名有案足留踪。

五

天高气爽适游秋，携友同登黄鹤楼。
近看鱼嬉图快乐，远观鹏举为追求。
红尘滚滚写悲喜，岁月匆匆除泡沤。
经历东风经历雨，南归大雁有声留。

燕淑清（江苏）

次韵郑欣淼会长《七十咏怀》五首

一

文昌鬓上旋，晚照也超然。

多少京华事，沉浮北海烟。

余温峰雪烈，坐拥故宫年。

喜寿诗心近，邀杯祝酒缘。

二

方遒夜半钟，诗绪向天公。

续有乾坤梦，浪淘赤笔雄。

置身人未老，袖里夕阳虹。

岁月樽光在，氤氲本色中。

三

红枫过眼渐，古韵敬师探。

阔海无涯碧，初心一抹蓝。

中华悬锐气，影集结高谙。

惟有雄浑在，宫梁画柱耽。

四

昆仑雪影匆，青藏落天鸿。

莽莽恒河取，皑皑步履重。

白龙呼玉像，紫气对君胸。

风物沧浪拓，中霄寄远踪。

五

今辰话桂秋，鹤上玉松楼。

初表光阴慢，书笺品位求。

家风文德厚，素养宿坛沤。

仰慕和诗骨，江南寿字留。

魏传华（湖北武汉）

奉和郑欣淼会长《七十咏怀》五首

一

房檐举首燕飞旋，秋去春来合自然。

阅尽南山横古渡，呢喃北水带尘烟。

曾经昏晓成流泽，再写诗书话耄年。

白发虽从双鬓出，吟哦不断结人缘。

二

枕边听到五更钟，耆老襟怀姜太公。

暑去寒来蹲渭水，含辛忍苦待豪雄。

心头掀起千寻雪，肝胆横斜百丈虹。

辅佐周王成一统，封神也列彗星中。

三

一摞新诗白发渐，十年辛苦作锥探。

庄生晓梦深如海，蝴蝶寻香出入蓝。

莫道芳园山吞里，曾飞峻岭百花谙。

清晨雨后棠风起，惹得群蜂虎视眈。

四

曾经屯垦兴匆匆，待到归时似塞鸿。

两座雪山高万米，一封书信路千重。

杂粮土豆填充肚，刺骨寒风灌背胸。

半世沧桑堪记忆，几成战友步仙踪。

注：两座雪山分别为新疆天山，阿尔泰山。

五

重阳如约在三秋，耆老欣攀第一楼。

静卧有情添雅趣，登高无益莫苛求。

春花已是芳菲近，霜叶何须雨水沤。

休问落梅多少憾，暗香疏影也长留。

魏义友（陕西）

步郑欣淼先生《七十咏怀》原韵五首

一

任凭雨打与风旋，犹未茫然与爽然。

手上裂痕肩上茧，河中桥础隧中烟。

强吞苦嚼三千界，滚打摸爬七十年。

回首征程何所想，他生难结此生缘。

二

入世长逢饭后钟，此心壮已过曹公。
全无攀技官难晋，独有吟诗气尚雄。
傲骨不求三斗米，痴心愿架九州虹。
如今高铁通天下，旋转乾坤一瞬中。

三

水悠悠也石渐渐，三日髭须信手探。
刀片易除今夜黑，海天难见旧时蓝。
盘迂世路曾奔走，苦乐吾诗待细谙。
老矣年光何所事，读书上网乐耽耽。

四

路漫漫矣步匆匆，身似霜天万里鸿。
铁路诗魂融一代，汉江韵律叠千重。
倡吟工业谐谁意，纵览秦声壮我胸。
且待烟云消散后，茫茫书海认遗踪。

五

满城落叶送残秋，独咏长安十四楼。
天外吟缘何处觅，笔头句法待谁求。
风骚一代尘寰困，诗料千秋肺腑沤。
抒我心情完我愿，管他寂灭与长留。

后　记

"会长联章咏古稀，千家步韵贺同题"。2017 年底，中华诗词学会郑欣淼会长年届古稀，他的新作《七十咏怀》联章五首问世。一花引来万花开，中华诗坛的众多名家、海内外广大诗友争相唱和，步韵、用韵、和韵、甚至全尾字步韵者络绎不绝。我们在所收集的几千首唱和诗中重点选录了"五首连章的步韵诗"1000 多首，编辑出版了这本《海山缘——郑欣淼〈七十咏怀〉赓和集》，这是广大诗友的才华和智慧的结晶，发自各人之心，出自各人之手，豪放、婉约、粗犷、典雅，各展其才，各显千秋，在这百花齐放的当代中华诗坛，又绽放出一朵璀璨芬芳之名花。

本书具体由李辉耀、方世焜、张世才负责收集整理、统稿、编校，姚泉名负责编校并联系出版，广东深圳的诗友向新华先生精心为郑欣淼会长的《七十咏怀》作注，还有中国书籍出版社的王星舒编辑以及刘亚非、王梓同志等为本书的出版付出了辛勤劳动，我们在此一并表示衷心感谢！由于编辑时间仓促，且水平有限，书中难免出现错讹，敬请广大诗友指正！

编　者

2018 年 6 月